도련님

坊っちゃん

도련님

초판 1쇄 발행 2014년 11월 20일

지은이 나쓰메 소세키
옮긴이 강성욱
펴낸이 한승수
펴낸곳 온스토리

편 집 고은정 신주식
마케팅 심지훈
디자인 오성민

등록번호 제2013-000037
등록일자 2013년 2월 5일

주 소 서울특별시 마포구 연남동 565-15 지남빌딩 309호
전 화 02 338 0084
팩 스 02 338 0087
E-mail moonchusa@naver.com

ISBN 978-89-98934-28-6 04800

온스토리 세계문학 015

도련님
坊っちゃん

나쓰메 소세키 지음·강성욱 옮김

근대 일본의 대문호, 나쓰메 소세키의 사진

차례

1

부모님에게 물려받은 앞뒤 가리지 않고 행동하는 성격 때문에 어렸을 때부터 손해만 봐 왔다. 초등학교에 다닐 때는 2층에서 뛰어내렸다가 허리를 다치는 바람에 일주일 정도 고생하기도 했다. 왜 그런 무모한 짓을 했느냐고 묻는 사람이 있을지도 모르겠다. 특별한 이유는 없었다. 새로 지은 건물 2층 창으로 얼굴을 내밀었는데 동급생 중 하나가 농담으로 "아무리 잘난 척해 봤자 거기서 뛰어내리진 못하겠지. 이 겁쟁이야."라고 약을 올렸기 때문이다. 사환 아저씨 등에 업혀서 집으로 돌아왔을 때, 아버지가 눈을 부릅뜨고 "2층에서 뛰어내린 것 가지고 허리를 다치는 놈이 어디 있어?" 하기에 "다음에는 허리를 다치지 않고 뛰어내릴게요."라고 대답했다.

친척에게서 외제 나이프를 선물받았을 때, 그 아름다운 칼날을 햇빛에 비춰 가며 친구들한테 자랑하고 있자니 그중 한 명이 "번뜩이기는 해도 잘 들 것 같지는 않은데."라고 말했다. 나는 "그럴 리가 없어. 뭐든지 잘라 주지." 하고 대꾸했다. "그럼 네 손가락을 잘라 봐."라고 해서 "뭐야, 그까짓 손가락. 잘 봐."라며 오른손 엄지의 등 부분에 비스듬히 칼을 갖다 댔다. 다행히 칼이 작았고 엄지 뼈가 단단했던 덕분에 아직도 엄지는 손에 붙어 있다. 하지만 죽을 때까지 그 상처는 없어지지 않을 것이다.

정원에서 동쪽으로 스무 걸음 정도 떨어진 곳에 남쪽으로 비스듬히 비탈져 오르는 조그만 채소밭이 있다. 그 한가운데에 밤나무 한 그루가 서 있다. 내 목숨보다도 소중한 밤나무다. 밤송이가 벌어질 무렵이면 아침에 일어나자마자 뒷문으로 나가서 떨어진 것들을 주워 학교에서 먹었다. 채소밭 서쪽은 야마시로야라는 전당포의 정원과 연결되어 있었는데 이 전당포에는 간타로라는 열서너 살짜리 사내 녀석이 있었다. 간타로는 두말 할 필요 없는 겁쟁이였다. 겁쟁이 주제에 밤을 서리하러 대나무로 짠 울타리를 넘어오곤 했다. 어느 날 저녁, 판자로 만든 문 뒤에 숨어 있다가 드디어 간타로를 잡았다. 그때, 도망갈 길을 잃은 간타로는 이를 악물고 덤벼들었다. 간타로가 두 살 정도 나이가 많았다. 겁쟁이였지만 힘은 셌다. 펑퍼짐한 머리를 내 가슴에 대고 꾹꾹 밀어붙이다가 그만 간타로의 머리가 미끄러져 내 겹옷의 소매 속으로 들어갔다. 거치적거려서 팔을 쓸 수 없기에 팔을 마구 흔들어 댔더니 소매 속에 있는 간타로의 머리가 좌우로 건들건들 흔들렸다. 숨이 막혔던지 끝내는 소매 속에서 내 알통을 물고 늘어졌다. 팔이 아파서 간타로를 울타리에 밀어붙인 뒤, 다리를 걸어 울타리 건너편으로 넘어뜨렸다. 야마시로야의 마당은 채소밭보다 6척* 정도 낮았다. 간타로는 대나무 울타리를 반쯤 무너뜨리며 자기 집 마당에 거꾸로 처박혀 끙끙 앓는 소리를 냈다. 간타로가 떨어질 때, 내 겹옷 소매 한쪽이 뜯겨 나가며 갑자기 팔이 자유로워졌다. 그날 밤, 어머니가 야마시로야로 사과하러 갔다가 겹옷의 한쪽 소매를 찾아가지고 왔다.

이것 말고도 수없이 장난을 쳤다. 목수 아들인 가네코, 생선가게 아들인 가쿠와 함께 모사쿠네 당근 밭을 망쳐 놓은 적도 있었다. 당근 싹이 채 자라지도 않은 곳에 지푸라기가 깔려 있어서 그 위에서 세 명이 한나절 내내 스모를 했더니 당근이 완전히 짓뭉개지고 말았다. 후루카와네 논에 물을 대는 통을 막아 버려 그 책임을 진 적도 있었다. 굵은 죽순대 마디를 뚫어 깊이 묻어 두면 그 통에서 물이 솟아나 주변에 있는 논에 물을 대는 장치였다. 그때는 무슨 장치인지 몰라서 돌과 막대기를 통 속에 꾹꾹 찔러 넣어 물이 나오지 않는 것을 확인한 뒤 집으로 돌아와 밥을 먹고 있는데, 얼굴이 시뻘게진 후루카와가 씩씩거리며 달려왔다. 아마도 보상금을 물어 주고 사태를 수습한 듯했다.

---

* 尺. 길이의 단위. 또 다른 길이 단위인 '자'와 같으며 약 30센티미터에 해당한다.

아버지는 나를 조금도 귀여워하지 않았다. 어머니는 언제나 형 편만 들었다. 이 형이라는 사람은 병적으로 얼굴이 하얗고, 여장한 가부키 남자 배우처럼 굴기를 좋아했다. 아버지는 나를 볼 때마다 "어차피 이 녀석은 인간되기는 글렀다."고 말했다. 어머니는 성격이 너무 거칠어서 앞날이 걱정된다고 했다. 지당하신 말씀이다. 인간이 되기는 글렀다. 보시다시피 이 모양 이 꼴이다. 앞날이 걱정되는 것 도 당연했다. 그저 간신히 감방살이나 면하면서 살아갈 뿐이다.

어머니가 병으로 돌아가시기 2, 3일 전에 부엌에서 공중제비를 돌다가 아궁이 모서리에 갈비뼈를 부딪쳤는데 몹시 아팠다. 어머니 가 크게 화를 내며 "너 같은 녀석 꼴도 보기 싫다."고 해서 친척집에 가서 묵었다. 그런데 얼마 지나지 않아서 결국 돌아가셨다는 전갈 이 왔다. 그렇게 빨리 돌아가실 줄은 몰랐다. 그렇게 무거운 병인 줄 알았다면 조금 더 얌전하게 굴걸 그랬다며 집으로 돌아왔다. 그랬 더니 형이라는 사람이 내게 불효막심한 놈이라며 나 때문에 어머니 가 빨리 돌아가셨다고 했다. 억울해서 형의 뺨을 올려붙였다가 된 통 야단만 맞았다.

어머니가 돌아가신 다음부터는 아버지와 형, 나 이렇게 셋이서 살 았다. 아버지는 아무것도 하지 않는 사람으로, 내 얼굴만 보면 언제 나 "네 녀석은 글러 먹었다. 글러 먹었어."라고 입버릇처럼 말했다. 뭐가 그렇게 글러먹었는지 아직도 모르겠다. 참으로 알 수 없는 사 람이었다. 형은 사업가가 되겠다며 열심히 영어를 공부했다. 원래 계집애 같은 성격에다 약삭빨라서 나와 사이가 좋지 않았다. 열흘에 한 번 꼴로 싸웠다. 한번은 장기를 두는데 비겁하게 매복을 하고 있다가 내가 곤경에 처하자 기쁘다는 듯이 약을 올려 댔다. 너무 화가 나서 손에 쥐고 있던 차車를 미간에 집어던졌다. 미간이 찢어져서 피가 조금 났다. 형은 아버지에게 고자질했다. 아버지는 부자父子의 연을 끊겠다고 했다.

그때는 더 이상 어쩔 도리가 없다고 생각하고 포기한 채 아버지 말대로 집에서 쫓겨날 각오를 하고 있었는데, 우리 집에서 지난 10년 동안 일해 오던 기요清라는 하녀가 울면서 아버지에게 용서해 달라고 빌어서 간신히 아버지가 화를 풀었다. 하지만 나는 아버지가 그다지 무섭지는 않았다. 오히려 이 기요라는 하녀가 가여웠다. 이 하녀는 원래 유서 깊은 가문의 후손이었는데 에도 막부가 무너지면서* 집안이 몰락하여 결국에는 하녀로 들어오고 말았다는 소리를 들었다. 그러니까 이제 할멈이다. 이 할멈이 무슨 이유에서인지 나를 아주 귀여워해 주었다. 참으로 모를 일이다. 어머니도 돌아가시기 사흘 전에 나한테 정나미가 떨어졌다. 아버지는 1년 내내 골치를 썩었다. 마을 사람들은 난폭하기 그지없는 악동이라고 손가락질했다. 이런 나를 애지중지해 주었다. 나는 어차피 사람들에게 호감을 줄 수 있는 성격이 아니라고 포기하고 있었으므로 남들이 망나니 취급을

---

* 에도 막부란 1603년부터 1867년까지 존재한 일본의 정부 기구를 가리킨다. 에도 막부는 1868년에 메이지유신이 일어나면서 무너졌다.

해도 크게 신경 쓰지 않았다. 오히려 이 기요처럼 애지중지해 주는 것이 더욱 이상했다. 기요는 가끔 부엌에 사람이 없을 때 "도련님은 성격이 곧고 좋아요."라며 칭찬해 주곤 했다. 하지만 나는 기요의 말을 이해할 수 없었다. 정말 성격이 좋다면 기요 말고 다른 사람들도 나한테 좀 더 잘해 줄 것이 아니겠는가? 기요가 이런 말을 할 때면 나는 언제나 그런 입에 발린 소리 듣기 싫다고 대답했다. 그러면 이 할멈은 그러니 성격이 좋은 거라면서 기쁘다는 듯이 내 얼굴을 들여다보았다. 마치 자기가 만들어 놓은 것을 자랑스럽게 들여다보는 모습으로. 썩 기분이 좋지는 않았다.

어머니가 돌아가신 다음부터 기요는 나를 더욱 애지중지했다. 어린 마음에 왜 그렇게 귀여워해 주는 건지 때로는 의심스럽기도 했다. 귀찮고 그만뒀으면 좋겠다고 생각했다. 가엾기도 했다. 그래도 기요는 날 귀여워해 주었다. 때로는 자기 용돈으로 칼날 모양의 과자나 매화꽃 모양의 생과자를 사 줬다. 추운 겨울밤이면 남몰래 메밀가루를 사 두었다가 어느 틈엔가 누워 있는 내 머리맡으로 뜨거운 물에 탄 메밀가루를 가져오곤 했다. 냄비우동을 사 준 적도 있었다. 그저 먹을 것만 주는 게 아니었다. 양말을 받았다. 연필도 받았다. 수첩도 받았다. 이것은 훨씬 나중에 벌어진 일이지만 돈을 3엔 정도 빌려 주기도 했다. 내가 꿔 달라고 한 것도 아니었다. 기요가 먼저 방으로 가지고 와서는 "용돈이 떨어져서 궁하죠? 이걸 쓰세요."라고 말했다. 물론 나는 필요 없다고 했지만 그러지 말고 쓰라고 하기에 우선 빌려 두었다. 사실은 아주 기뻤다. 그 3엔을 돈주머니에 넣어 품에 넣은 채 변소에 갔는데 돈주머니가 쑥 빠져 밑으로 떨어져 버렸다. 하는 수 없이 어슬렁어슬렁 나와서, 사실은 이래저래 됐다고 기요에게 말했더니 기요는 잽싸게 대나무 장대를 찾아와서 "건져 드릴게요."라고 말했다. 잠시 뒤, 우물가에서 물소리가 나서 나가 보니 대나무 끝에 돈주머니 끈을 걸어 둔 채 물로 씻어 내고 있었다. 그런 다음 돈주머니를 열어서 1엔짜리 지폐를 펼쳤더니 갈색으로 변해서 무늬가 지워지고 있었다. 기요는 화롯불로 말리고는 "이만하면 됐죠?"라며 내게 건네주었다. 잠깐 냄새를 맡아 보고 "아, 구려." 했더니, "그럼 이리 주세요. 바꿔다 드릴 테니."라고 말하고는 어디서 무슨 수를 썼는지 그 지폐 대신 은화로 3엔을 가지고 왔다. 이 3엔을 어디에 썼는지 지금은 잊어버렸다. 바로 갚겠다고 했지만 아직도 갚지 못했다. 지금은 10배로 갚고 싶어도 갚을 수가 없다.

기요는 꼭 아버지나 형이 없을 때만 물건을 건네줬다. 나는 남몰래 나만 득 보는 것이 세상에서 가장 싫었다. 물론 형과 사이가 좋지는 않았지만 형 몰래 기요에게 과자나 색연필을 받고 싶지는 않았다. "왜 나한테만 주고 형한테는 안 줘?"라고 물어보기도 했다. 그러자 기요는 시치미를 뚝 떼고 "형님은 아버님께서 사 주시니까 괜찮아요."라고 말했다. 이건 불공평하다. 아버지는 고집불통이기는 했어도 그렇게 편애하는 사람은 아니었다. 하지만 기요의 눈에는 그렇게 보였나 보다. 사랑에 홀딱 빠져 버린 게 틀림없었다. 원래는 좋은 집안 출신이지만 교육을 받지 못한 할멈이라서 어쩔 수 없다. 이것뿐만이 아니었다. 편애는 무서운 것이다. 기요는 내가 미래에 입신출세하여 훌륭한 사람이 되리라고 굳게 믿고 있었다. 그러면서도 열심히 공부하는 형은 얼굴만 허여멀거니 아무짝에도 쓸모가 없다고 혼자 단정 지었다. 이런 할멈이었으니 어쩔 도리가 없었다. 자기가 좋아하는 사람은 반드시 훌륭한 인물이 되고, 자기가 싫어하는 사람은 틀림없이 망할 것이라고 믿는다. 나는 그때부터 특별히 되고 싶은 것은 없었다. 하지만 기요가 하도 된다, 된다 하는 바람에 그래도 뭔가는 되리라고 생각했다. 지금 생각해 보면 어리석기 짝이 없는 생각이었다. 한번은 기요에게 "나는 어떤 사람이 될 것 같아?" 하고 물어봤다. 그런데 기요한테도 특별한 생각은 없었던 듯하다. 단지 "틀림없이 멋진 자가용 인력거를 타고 다니고 훌륭한 현관이 있는 집에서 사실 거예요."라고 할 뿐이었다.

그리고 기요는 내가 분가하면 같이 살 마음이었다. 제발 자기를 데려가 달라고 몇 번이나 부탁했다. 나도 왠지 집을 가질 수 있을 것 같아서 "응, 데려갈게." 하고 대답은 해 두었다. 그런데 이 여자는 상상력이 매우 풍부해서 "도련님은 어디가 좋으세요? 고지마치가 좋으세요, 아자부가 좋으세요? 정원에는 그네를 만들고 서양식 방은 하나만 있으면 충분할 거예요."라며 제 마음대로 세운 계획을 홀로 늘어놓았다. 그때는 집 따위를 갖고 싶다는 마음은 전혀 없었다. 서양식 집이든 일본식 집이든 하나도 필요가 없었으므로, 언제나 그런 것은 갖고 싶지 않다고 기요에게 대답했다. 그러면 "도련님은 욕심도 없고 마음이 깨끗해요."라며 칭찬해 주었다. 무슨 말을 해도 기요는 칭찬해 주었다.

어머니가 돌아가신 뒤 5, 6년 동안은 계속 이렇게 살았다. 아버지에게는 꾸지람을 들었다. 형하고는 다퉜다. 기요에게는 과자를 받았고 때때로 칭찬을 들었다. 특별히 바라는 것도 없었다. 이렇게 살면 된다고 생각했다. 다른 아이들도 대체로 이렇게 살고 있을 것이라고 생각했다. 그저 기요가 무슨 일이 있을 때마다 자꾸 "불쌍하신 도련님, 불행하신 도련님."이라고 해서 그럼 불쌍하고 불행한 모양이라고 생각했다. 그것 말고 괴로운 일은 하나도 없었다. 단, 아버지가 용돈을 안 주시는 데에는 두 손 다 들었다.

어머니가 돌아가신 지 6년째 되던 해 정월, 아버지도 뇌졸중으로 돌아가시고 말았다. 나는 같은 해 4월에 어떤 사립 중학교를 졸업했다. 6월에는 형이 상업학교를 졸업했다. 형은 무슨 무슨 회사의 규슈* 지점에 일자리가 나서 그곳으로 가야 했고, 나는 도쿄에서 더 공부해야 했다. 형은 집을 팔고 재산을 처분한 뒤 부임지로 출발하겠다고 했다. 나는 형 마음대로 하라고 했다. 어차피 형 신세를 지고 싶은 마음은 없었다. 돌봐주더라도 싸울 게 뻔했고 그러면 형도 한 소리하고 말 것이다. 같잖은 보살핌이라도 받는다면 형에게 머

---

* 九州. 일본은 크게 홋카이도, 혼슈, 시코쿠, 규슈라는 네 개의 섬으로 나눌 수 있다. 이중에서 규슈는 가장 남쪽에 있는 섬이다.

리를 숙여야 한다. 우유 배달을 해서라도 먹고살겠다고 마음을 다졌다. 형은 고물상을 불러다가 조상 대대로 내려오던 잡동사니들을 헐값에 팔아 치웠다. 집은 어떤 사람이 알선해 줘서 어떤 부자에게 넘겼다. 큰돈을 받은 듯했지만 자세한 내용은 하나도 모르겠다. 나는 한 달 전부터 앞길이 결정될 때까지 간다에 있는 오가와마치에서 하숙하기로 하고 거기서 살고 있었다. 기요는 10년을 넘게 살던 집이 남의 손에 넘어 가는 것을 못내 아쉬워했지만 자기 집이 아니니 어쩔 수 없었다. "도련님이 이렇게 어리지만 않았어도 이 집을 상속할 수 있었을 텐데."라며 몇 번이나 말했다. 나이를 조금 더 먹었다고 해서 상속할 수 있다면 지금이라도 가능할 것이다. 할멈은 아무것도 모르니 나이만 먹으면 형의 집을 받을 수 있을 것이라고 믿었다.

형과 나는 그렇게 헤어졌지만 문제는 기요가 어디로 가느냐 하는 점이었다. 물론 형은 데려갈 형편이 되지 못했고, 기요도 형의 꽁무니를 따라서 규슈라는 벽촌까지 갈 마음은 전혀 없었다. 그리고 당시 나는 다다미 4장 반*짜리 싸구려 하숙집 신세를 지고 있었고 그것도 여차하면 당장 쫓겨날 판이었다. 뾰족한 수가 없었다. 기요에게 "어디 다른 집에라도 들어갈 생각이야?"라고 물었더니 드디어 결심한 듯이 "도련님이 집을 장만해서 장가들 때까지는 할 수 없이 조카 신세를 좀 져야죠."라고 말했다. 조카라는 사람은 재판소 서기였

* 다다미 한 장은 반 평 남짓 된다.

는데, 살림살이가 그리 어렵지 않으니 오고 싶으면 지금이라도 당장 들어오라고 기요에게 두세 번 정도 권한 적이 있었다. 그러나 기요는 비록 하녀로 남의집살이를 하고 있어도 오랫동안 살던 집이 좋다며 그의 권유를 거절했다. 하지만 이제 와서 낯선 집에 다시 들어가 쓸데없이 눈치 보느니 조카 신세를 지는 편이 낫겠다고 생각한 듯했다. 그건 그렇다 치고 빨리 집을 마련하라는 둥, 장가를 들라는 둥, 와서 도와주겠다는 둥 말이 많았다. 혈육인 조카보다도 남인 내가 더 좋은 모양이었다.

규슈로 떠나기 이틀 전에 형이 하숙으로 찾아와서 600엔을 건네주며 "이것을 밑천으로 장사를 하든, 학비를 대서 더 공부를 하든 마음대로 써라. 대신 그 다음부터는 내 알 바 아니다."라고 말했다. 형치고는 감탄할 만한 일이었다. 까짓 600엔쯤 받지 않아도 특별히 어려울 것은 없다고 생각했지만 형답지 않은 담백한 행동이 마음에 들어서 고맙다고 하고 받았다. 형은 따로 50엔을 내놓으며 "그리고 이건 기요에게 건네 줘."라고 하기에 토 달지 않고 받았다. 이틀 후, 도쿄의 신바시 역에서 헤어지고 나서 형하고는 한 번도 못 만났다.

나는 누워서 600엔을 어떻게 사용하면 좋을지 생각했다. 장사는 귀찮아서 잘할 수 있을 것 같지도 않았고, 게다가 600엔이라는 돈으로는 장사다운 장사를 못할 듯했다. 설령 하더라도 아직 사람들에게 내세울 만한 학벌이 없으니 결국 손해를 볼 것이다. 자본금이야 아무래도 좋으니 이것을 학비로 삼아 공부를 하자. 600엔을 셋으로 나눠서 1년에 200엔씩 쓰면 3년 동안은 공부할 수 있다. 3년 동안 열심히 하면 뭔가 할 수 있을 것이다. 그리고 나서 무슨 학교에 들어가야 할지 생각해 봤는데 원래 학문에는 아예 관심이 없었다. 특히 어학이나 문학은 질색이었다. 그중에서도 특히 신체시*는 스무 행 중에서 한 행도 이해할 수 없었다. 내가 싫어하는 것이라면 뭘 하든 마찬가지라고 생각했다. 다행히도 물리 학교 앞을 지나치다가 학생 모집 광고가 나붙은 것을 보고 이것도 인연이다 싶어서 지원서를 받아 바로 입학 수속을 밟아 버렸다. 지금 생각해 보면 이것도 앞뒤 가리지 않고 행동하는 성격 때문에 저지른 실수였다.

3년 동안 남들 하는 만큼은 공부했지만 그다지 머리가 좋은 편이 아니라 언제나 등수는 뒤에서 세는 게 더 빨랐다. 그런데 신기하게도 3년이 지나자 드디어 졸업을 하게 되었다. 스스로도 이상하다고 생각했지만 그렇다고 불만을 품을 이유도 없어서 조용히 졸업했다.

졸업한 지 8일째 되던 날, 교장 선생님이 부른다고 해서 무슨 볼일이 있나 보다 하고 나갔다. 그랬더니 "시코쿠** 근처에 있는 중학교에서 수학 선생을 구한다더군. 월급은 40엔인데 가 보겠는가?" 하는 것이었다. 나는 3년 동안 공부하기는 했지만 솔직히 말해서 교사가 될 마음도, 시골에 갈 생각도 전혀 없었다. 그렇다고 교사 말고 다른 뭔가를 하겠다고 정한 것도 없었기에 교장 선생님의 말을 듣

---

* 新体詩. 메이지 시대에 서양 시를 본떠 만든 새로운 시.

** 四国. 일본을 구성하는 네 개의 가장 큰 섬 중에 하나로, 혼슈와 규슈 사이에 있다.

는 순간 그 자리에서 가겠다고 대답했다. 이것도 앞뒤 가리지 않는 무모한 성격 때문에 생긴 일이었다.

수락했으니 부임해야만 했다. 지난 3년 동안, 좁은 하숙방에 틀어박혀 살면서 잔소리라고는 단 한마디도 들어 본 적이 없었다. 싸움도 안 하고 살았다. 내 생애를 통틀어 보면 비교적 평온한 한때였다. 하지만 이렇게 되었으니 그 골방에서 나와야 했다. 태어나서 도쿄 이외에 발을 들여 놓은 곳이라고는, 동급생들과 같이 소풍 갔던 가마쿠라밖에 없었다. 그런데 지금은 가마쿠라 정도가 아니었다. 훨씬 더 멀리 가야 했다. 지도에서 보니 해변에 있는 바늘 끝처럼 조그맣게 보였다. 어차피 변변치 못한 곳이리라. 어떤 마을인지, 어떤 사람들이 살고 있는지 알 수가 없었다. 몰라도 곤란하지는 않았다. 걱정도 되지 않았다. 그저 갈 뿐이었다. 뭐 조금 귀찮기는 했지만.

집을 처분한 뒤에도 기요가 사는 곳에 종종 찾아갔다. 기요의 조카는 의외로 괜찮은 사람이었다. 그가 집에 있을 때 내가 찾아가면 여러 가지로 대접해 주었다. 기요는 나를 앞에 놓고, 조카에게 나에 대한 이런저런 자랑을 들려주었다. 곧 학교를 졸업하면 고지마치 부근에 집을 마련하고 관청에 다니게 될 것이라고 모두에게 말하기도 했다. 혼자 결정해서 혼자 말하니 나는 난처해져서 얼굴을 붉혔다. 그것도 한두 번이 아니었다. 때때로 내가 어렸을 때 잠자리에 오줌을 싼 일까지 말하는 데는 두 손 다 들어 버렸다. 조카가 무슨 생각을 하면서 기요의 자랑을 듣고 있었는지는 모른다. 기요는 옛날 여자였으므로 자신과 나의 관계를 봉건시대의 주종관계로 여겼다. 자기 주인이니까 당연히 조카의 주인도 된다고 생각하는 듯했다. 조카에게는 그야말로 어처구니없는 일이었다.

드디어 떠날 날이 잡혔다. 출발하기 사흘 전에 기요를 찾아갔더니 감기에 걸려서 북향 골방에 누워 있었다. 내가 온 것을 보고 자리에서 일어나기가 무섭게 "도련님, 언제 집을 장만하실 거예요?"라고 물었다. 졸업만 하면 돈이 주머니 속에서 저절로 솟아나는 줄 알고 있다. 그렇게 훌륭한 사람을 아직도 도련님이라고 부르다니 더욱 한심하다. 나는 간단하게 "당분간은 집을 장만하지 않을 거야. 시골로 가게 됐거든."이라고 말했다. 기요는 매우 실망한 듯, 헝클어진 파뿌리 같은 머리를 자꾸만 쓸어내렸다. 너무 가엾어 보여서 "가기는 가지만 금방 돌아올 거야. 내년 여름방학에는 꼭 올게."라고 위로해 주었다. 그래도 석연치 않은 표정을 짓기에 "선물을 사다 줄게. 뭘 갖고 싶어?"라고 물었더니 "에치고*의 조릿대 잎으로 싼 엿, 사사아메가 먹고 싶어요."라고 했다. 에치고의 사사아메는 들어본 적도 없었다. 그리고 무엇보다 방향이 다르다. "내가 가는 시골에 사사아메는 없을 것 같은데."라고 했더니 "그럼 어느 쪽으로 가세요?"라고 물었다. "서쪽이야."라고 말했더니 "하코네**보다 멀어요, 가까워요?"

---

* 越後. 오늘날의 니가타 지방을 가리킨다. 일본 혼슈의 북서쪽에 있으며 시코쿠에서 매우 멀다.

** 箱根. 도쿄의 아래쪽에 있는 도시. 후지산과 온천으로 유명하다.

라고 묻는다. 대답하느라 식은땀을 흘렸다.

　떠나는 날이 되자 기요는 아침부터 와서 이것저것 채비해 주었다. 오다가 만물상에서 사온 치약이며 이쑤시개, 손수건을 천으로 만든 가방에 넣어 주었다. 그런 건 필요 없다고 해도 좀처럼 말을 듣지 않았다. 나란히 인력거에 올라 역에 도착해 승강장 위로 올라섰을 때, 기차에 올라탄 내 얼굴을 가만히 처다보다가 "이제 못 뵐지도 모르겠네요. 부디 건강히 지내세요."라고 작은 목소리로 말했다. 눈에 눈물이 가득 고여 있었다. 나는 울지 않았다. 하지만 거의 울음을 터뜨릴 뻔했다. 기차가 움직이기 시작한 지 꽤 시간이 지나서 이젠 괜찮겠지 하고 창밖으로 고개를 내밀어 뒤를 돌아보았더니 기요가 아직도 서 있었다. 왠지 모르게 아주 작아 보였다.

2

　뿌우, 기적 소리를 올리며 기선汽船이 멈추자 거룻배가 기슭을 떠나 노를 저어 다가왔다. 사공은 알몸에 빨간 훈도시*로 아랫도리만 간신히 가렸다. 야만스러운 곳이다. 하지만 이렇게 더우니 옷을 입을 수는 없으리라. 햇빛이 강해서 물도 요란하게 반짝였다. 바라보고 있으면 현기증이 날 정도였다. 선원에게 물어보니 나는 여기서 내려야 한다고 했다. 크기가 오모리 정도 되어 보이는 어촌이었다. '날 우습게 보는군. 이런 데서 어떻게 참고 살라는 거야?'라는 생각이 들었지만 어쩔 수 없었다. 기세 좋게 가장 먼저 거룻배로 뛰어내렸다. 뒤이어서 대여섯 명쯤 더 탔을 것이다. 거기에 커다란 상자를

---

* 남성의 하반신을 감싸 가리는 얇고 긴 천.

네 개쯤 실은 뒤 빨간 훈도시 차림의 사공은 다시 거룻배를 기슭 쪽으로 저었다. 뭍에 도착했을 때도 난 가장 먼저 뛰어올라 해변에 서 있던 코흘리개 꼬맹이를 붙들고 다짜고짜 중학교는 어디에 있느냐고 물었다. 꼬맹이는 맹하게 서서 "몰러유."라고 대답했다. 답답하기 짝이 없는 촌놈이다. 손바닥만한 마을에 살면서 중학교가 어디에 있는지도 모르는 녀석이 다 있다니. 바로 그때 소매가 원통처럼 생긴 기묘한 옷을 입은 사내가 다가와서 이쪽으로 오라고 하기에 따라갔더니 미나토야라는 여관으로 데리고 갔다. 이상하게 생긴 여자들이 입을 맞춰서 "어서 오세요."라고 하니 안으로 들어가기 싫었다. 현관 앞에 선 채로 중학교가 어디인지 가르쳐 달라고 하니 중학교는 여기서 기차를 타고 2리* 정도 더 들어가야 한단다. 그 말을 들으니 더욱 더 안으로 들어가기가 싫었다. 나는 기묘한 옷을 입은 사내가 들고 있던 내 가방 두 개를 낚아채 어슬렁어슬렁 걷기 시작했다. 여관 사람들은 이상하다는 표정을 지었다.

기차역은 금방 찾을 수 있었다. 표도 별문제 없이 샀다. 올라타고 보니 성냥갑 같은 기차였다. 덜컹덜컹, 5분쯤 움직였을까? 벌써 내려야 할 곳이었다. 어쩐지 표가 너무 싸다 싶었다. 겨우 3센**이었다. 거기서 인력거를 불러서 중학교로 갔더니 이미 방과 후라 아무도 없었다. 숙직 선생은 볼일이 있어서 잠깐 나갔다고 사환이 가

---

* 里. 거리의 단위. 일본의 1리는 약 4킬로미터다.
** 錢. 일본의 옛 화폐 단위. 1엔의 100분의 1에 해당한다.

르쳐 주었다. 참으로 마음 편한 숙직도 다 있다. 교장 선생님이라도 찾아뵐까 했지만 너무 피곤해서 인력거에 올라 여관에 데려다 달라고 말했다. 인력거꾼은 기세 좋게 달려 야마시로야라는 집 옆에 멈춰 섰다. 야마시로야는 간타로네 전당포와 이름이 같아서 조금 묘했다.

나는 2층 계단 밑에 있는 이두운 방으로 안내받았다. 더워서 있을 수가 없었다. 이런 방은 싫다고 했더니 공교롭게도 방이 다 찼다면서 가방을 방 안으로 내던진 채 밖으로 나가 버렸다. 하는 수 없이 방으로 들어가 땀을 흘리며 참았다. 얼마 지나지 않아서 목욕을 하라고 하기에 텀벙 뛰어들었다가 금방 나왔다. 돌아오면서 슬쩍 엿보니 시원해 보이는 방이 많이 비어 있었다. 무례한 녀석이다. 거짓말을 했다. 그 다음에 하녀가 밥상을 들고 들어왔다. 방은 더웠지만 밥은 하숙집보다 훨씬 더 맛있었다. 시중을 들면서 하녀가 "어디에서 오셨어요?"라고 묻기에 도쿄에서 왔다고 대답했다. 그러자 "도쿄는 좋은 곳이죠?"라고 물어서 당연하다고 대답해 줬다. 하녀가 상을 들고 부엌으로 갔을 때 커다란 웃음소리가 들려왔다. 우습지도 않아서 바로 누웠지만 좀처럼 잠이 오지 않았다. 더워서 그런 것만은 아니었다. 시끌시끌했다. 하숙보다 다섯 배 정도는 시끄러웠다. 깜빡 잠이 들었는데 꿈에서 기요가 나왔다. 기요가 에치고의 사사아메를 잎에 싼 채 우적우적 먹고 있었다. 조릿대에는 독이 있으니 먹지 말라고 했더니 "아니에요. 이 조릿대가 약이에요."라면서 맛있게 먹었다. 하도 어이가 없어서 입을 크게 벌리고 하하하하 웃다가 눈을 떴다. 하녀가 덧문을 열고 있었다. 변함없이 하늘에 구멍이라도 난 듯한 날씨다.

여행 중에는 팁을 줘야 한다고 들었다. 팁을 주지 않으면 형편없는 대접을 받는다는 소리였다. 팁을 주지 않은 탓에 이렇게 좁고 어두운 방으로 떠밀려 들어왔으리라. 허름한 옷을 입고, 헝겊 가방과 헝겊 우산을 들고 있었기 때문일 것이다. 촌놈들 주제에 사람을 얕잡아 봤겠다. 어디 한번 팁을 줘서 놀라게 만들어야지. 이래뵈도 도쿄를 나올 때 학비로 쓰고 남은 30엔 정도를 품에 넣고 왔다. 기찻삯과 뱃삯, 잡비를 쓰고도 아직 14엔 남짓 남았다. 이제부터는 월급도 들어오니 다 줘도 상관없다. 촌놈들은 구두쇠니 5엔만 줘도 놀라눈을 휘둥그렇게 뜰 것이다. 어디 두고 보자며 얼굴을 씻고 방으로 돌아와 기다리니 어젯밤 그 하녀가 밥상을 들고 들어왔다. 그릇을 들고 시중을 들면서 보기 싫게 야릇한 웃음을 짓는다. 무례한 녀석이다. 내 얼굴 위에서 무슨 축제가 벌어진 것도 아니고. 이래뵈도 내 얼굴이 이 하녀 낯짝보다는 훨씬 더 잘났다. 밥을 다 먹고 나서 주려고 했지만 기분이 상했다. 그래서 도중에 5엔 지폐를 한 장 꺼내, 나중에 카운터에 가져다주라고 했더니 하녀는 묘한 표정을 지었다. 식사를 마친 다음에 바로 학교로 갔다. 구두는 닦여 있지 않았다.

어제 인력거를 타고 가 봤으므로 학교 위치는 대강 짐작이 갔다. 네거리를 두세 번 돌아 들어갔더니 바로 문 앞에 이르렀다. 문에서 현관까지는 화강암을 깔아 놓았다. 어제 이 화강암 위를 인력거에 오른 채 덜컹거리며 지날 때 굉장히 요란한 소리가 나는 바람에 조금 쑥스러웠다. 가는 도중에 굵은 실로 짠 면직물로 만든 교복을 입은 학생들을 많이 봤는데 모두 이 문으로 들어갔다. 그중에는 나보다 키가 크고 힘 세 보이는 녀석도 있었다. 저런 녀석들을 가르쳐야 한다고 생각하니 왠지 기분이 나빠졌다. 명함을 내미니 교장실로 안내해 주었다. 교장은 듬성듬성 수염이 자란 검은 얼굴에 눈이 커다란 너구리처럼 생긴 사내였다. 쓸데없이 거드름을 피웠다. "뭐, 최선을 다해서 가르쳐 주길 바랍니다."라면서 반듯하고 커다란 도장이 찍힌 지령을 건네줬다. 이 지령은 도쿄로 돌아갈 때 둘둘 말아서 바다 속으로 집어 던졌다. 교장은 이제부터 직원들을 소개해 줄 테니 일일이 그 지령을 보여 주라고 했다. 쓸데없는 짓이다. 그렇게 귀찮은 짓을 하느니 이 지령을 사흘 동안 교무실에 붙여 두는 편이 낫겠다.

교원들이 교무실에 다 모이려면 첫 번째 시간이 끝났음을 알리는 나팔 소리가 들려야 한다. 아직 시간이 많이 남았다. 교장은 시계를 꺼내 들여다보고 "앞으로 차차 얘기하겠지만 대략적인 것들부터 알아 두세요."라고 말한 뒤, 교육 정신에 대해서 길고 긴 설교를 했다. 물론 나야 적당히 들어 넘겼지만 도중에 만만찮은 곳에 왔다는 생각이 들었다. 죽어도 교장의 말처럼 할 수는 없었다. 나처럼 막무가내인 녀석을 붙들고 앉아서 학생들에게 모범이 되어야 한다는 둥,

우리 학교에서 가장 존경받는 선생이 되어야 한다는 둥, 학문 말고도 남을 덕으로 감화시키지 못하면 교육자가 될 수 없다는 둥, 상식 밖의 주문을 마구 해 댄다. 그렇게 훌륭한 사람이 월급 40엔을 받고 이 멀고 먼 시골까지 오겠는가? 인간이란 대체로 비슷한 법이다. 화가 나면 누구나 싸움 정도는 할 수 있다고 생각했는데, 이런 상황이라면 제대로 입도 뻥긋 못 하고 산책도 못 할 것이다. 그렇게 어려운 일이었다면 고용하기 전에 미리 이러저러하다고 말해 주면 좋지 않은가? 나는 거짓말을 싫어해서 '어쩔 수 없지. 속아서 온 것이겠거니 하고 깨끗이 포기하고 이쯤에서 거절하고 돌아가 버리자.' 하고 생각했다. 여관에 5엔이나 주었으니 지갑 속에는 9엔 남짓밖에 없다. 9엔으로는 도쿄까지 갈 수 없다. 괜히 팁을 줘 가지고. 쓸데없는 짓을 했다. 하지만 9엔으로 어떻게든 할 수 있을 것이다. 여비가 부족하더라도 거짓말을 하는 것보다는 낫다고 생각하고 "교장 선생님이 말씀하신 대로는 도저히 못 하겠네요. 이 지령은 돌려드리겠습니다."라고 했더니 교장은 너구리같은 눈을 껌뻑이며 내 얼굴을 들여다봤다. 잠시 후, "조금 전에 말한 건 그저 희망에 불과해요. 선생님이 희망대로 할 수 없다는 사실은 잘 알고 있으니 걱정하지 말아요."라면서 웃었다. 그럴 줄 알았다면 아예 처음부터 말하지 않았으면 좋았을 텐데.

그러는 동안 나팔 소리가 들렸다. 교실 쪽이 갑자기 시끄러워졌다. "이제 교원들도 교무실에 다 모였을 겁니다."라고 해서 교장 뒤를 따라 교무실로 들어섰다. 넓기는 했지만 폭이 좁고 긴 방 주위에 책상들이 나란히 놓여 있었으며 모두 자리에 앉아 있었다. 내가 들어서는 것을 보고 모두 약속이라도 한 듯이 내 얼굴을 쳐다봤다. 무슨 구경거리도 아니고. 나는 교장이 시킨 대로 한 사람 한 사람 앞으로 가서 지령을 내보이며 인사했다. 대부분 의자에서 일어나 허리만 숙였지만 생각 있는 사람들은 내보인 지령을 받아들고 한 번 살펴본 뒤 공손하게 돌려주었다. 무슨 연극을 흉내 내는 것 같았다. 열다섯 번째로 체육 교사 앞에 왔을 때는 똑같은 일을 몇 번이나 되풀이한 참이라 조금 짜증이 났다. 상대방이야 한 번으로 끝나지만 나는 같은 동작을 열다섯 번이나 되풀이했다. 내 입장도 생각해 줘야 하는 것 아닌가?

인사한 사람 중에 이름은 잘 몰라도 교감이라는 사람이 있었다. 이 사람은 문학사文學士라고 했다. 문학사라면 대학 졸업생일 테니 훌륭한 사람이리라. 이상하게 여자 같이 나긋나긋한 목소리를 냈다. 더욱 놀랍게도 그는 이렇게 더운 날에 모직 셔츠를 입고 있었다. 조금 얇은 천이긴 했지만 당연히 더울 것이다. 역시 문학사답게 참으로 고통스러운 옷을 입었다. 그것도 빨간 셔츠라 더욱 기가 막혔다. 나중에 들은 바에 따르면 이 사내는 1년 내내 빨간 셔츠를 입는다고 했다. 정말 희한한 병도 다 있다. 본인의 설명을 들으니 빨간색은 몸에 약이 되므로 위생을 위해서 일부러 주문한다는데, 별걱정도

다 한다. 그럼 아예 기모노며 하카마*도 빨간색으로 하면 되지 않겠는가? 그리고 영어 교사 중에 혈색이 아주 좋지 않은, 고가라는 사내가 있었다. 대체로 얼굴이 창백한 사람은 마른 편이지만 이 사내는 퍼렇게 부어올랐다. 옛날, 초등학교에 다닐 때 아사이 다미라는 동급생이 있었는데 그의 아버지도 피부색이 그랬다. 아사이는 농부였다. 기요에게 농부가 되면 얼굴이 저렇게 되느냐고 물었더니 "그게 아니에요. 그 사람은 말라빠진 호박만 먹어서 퍼렇게 부어오른 거예요."라고 가르쳐 주었다. 그날 이후로 퍼렇게 부어오른 사람을 보면 반드시 말라빠진 호박을 먹어서 그렇게 된 거라고 생각했다. 이 영어 교사도 틀림없이 말라빠진 호박만 먹고 있을 것이다. 그런데 말라빠진 호박이라는 게 뭘 가리키는지는 아직도 잘 모르겠다. 기요에게 물어봤는데 기요는 웃기만 하고 대답해 주지 않았다. 아마 기요도 모를 것이다. 그리고 나와 같은 수학 교사 중에 홋타라는 사람이 있었다. 이 사람은 커다란 밤송이 같은 머리에다가 에이잔叡山의 땡중 같은 얼굴이었다. 내가 정중하게 지령을 내밀었더니 쳐다볼 생각도 않고 "아, 자네가 신임 선생인가? 한번 놀러 오게나. 아하하하."라고 했다. 뭐가 우스운지. 이렇게 예의도 모르는 녀석의 집에 놀러 가는 사람도 다 있나? 나는 이때부터 이 땡중에게 고슴도치라는 별명을 붙여 줬다.

　역시나 한문 선생은 고리타분하다. "어제 도착해서 피곤할 텐데

---

* 袴. 기모노 겉에 입는 주름 잡힌 하의.

벌써 수업을 시작하다니 정말 고생이 많으십니다."라고 따로 인사하는 것을 보면 그래도 애교 있는 늙은이다. 미술 교사는 그야말로 예술가 타입이었다. 살랑살랑 얇은 비단으로 짠 하오리*를 걸치고 부채를 파닥이면서 "고향은 어디신지? 도쿄? 이거 잘됐군. 친구가 생겨서…… 내 이래봬도 도쿄 깍쟁이라우."라고 말했다. 이런 녀석이 도쿄 깍쟁이라면 도쿄에서 태어나지 말걸 그랬다. 그밖에도 한 사람씩 이렇게 쓰자면 얼마든지 쓸 수 있지만 그랬다간 한도 끝도 없을 테니 그만두겠다.

한 바퀴 돌면서 인사하고 나자 교장이 "오늘은 이만 돌아가 봐요. 그리고 수업에 관한 것은 수학 주임과 상의하고 모레부터 수업을 시작하세요."라고 했다. 수학 주임이 누구냐고 물었더니 아까 그 고슴도치란다. 나는 '재수도 없네. 이 녀석 밑에서 일하는 거야? 이런, 이런.' 하고 실망했다. 고슴도치는 "이봐, 자네 어디에 묵고 있나? 야마시로야? 알았네. 곧 갈 테니 상의하세."라는 말을 남기고 분필을 들고 교실로 갔다. 주임이 몸소 납셔서 상의하겠다니 아는 게 없는 사내다. 하지만 나를 불러들이는 것보다는 백번 낫다.

그런 다음, 학교 문을 나와서 바로 여관으로 돌아갈까 했지만 돌아간들 특별히 할 일도 없어서 잠깐 마을을 둘러보기로 하고 발길 닿는 대로 여기저기 쏘다녔다. 현청県庁도 봤다. 지난 세기에 지은 낡은 건축물이었다. 병영도 봤다. 아자부에 있는 연대보다 멋지지

---

* 羽織. 기모노 위에 덧입는 짧은 겉옷.

않았다. 큰길도 봤다. 넓이는 가구라자카*를 반으로 줄인 정도에, 거리 풍경은 그것보다 못하다. 25만 석짜리 무사가 거주하던 성 주위에 있는 마을이라야 뻔했다. 이런 곳에 살면서 번화가라고 뻐기는 인간들이 불쌍하다고 생각하면서 어느 틈엔가 마을을 한 바퀴 돌아 야마시로야 앞에 도착했다. 넓어 보여도 실제로는 좁은 곳이다. 이것으로 대충 다 봤으리라. 들어가서 밥이라도 먹으려고 문 안으로 들어섰다. 카운터에 앉아 있던 여주인이 내 얼굴을 보자 급히 뛰어나와 "어서 오세요."라며 마룻바닥에 앉아 머리를 숙였다. 구두를 벗고 올라섰더니 방이 비었다며 하녀가 2층으로 안내했다. 집 정면으로 난 다다미 15장짜리 방이었다. 커다란 도코노마**가 딸려 있었다. 나는 태어나서 지금까지 이렇게 훌륭한 방에 들어와 본 적이 없었다. 이후로도 언제 들어가 볼지 몰라서 양복을 벗고 유카타*** 한 벌만 걸친 채 방 한가운데 큰대자로 누워 보았다. 기분이 좋았다.

점심을 먹고 바로 기요에게 편지를 썼다. 나는 글도 잘 못 쓰고 한자도 잘 몰라서 편지 쓰기를 아주 싫어한다. 게다가 쓸 데도 없다. 하지만 기요는 걱정하고 있을 것이다. 배가 난파해서 죽지 않았는지 걱정하면 나만 난처해지니 힘내서 길게 썼다. 그 내용은 다음과 같다.

---

* 神樂坂. 도쿄 신주쿠 구에 있는 언덕길. 1912년부터 1926년 사이에 아주 성황을 이룬 번화가였다.
** 床の間. 일본식 방 아랫목에 바닥보다 한 단을 더 높여 족자나 꽃 등으로 장식해 놓는 공간.
*** 浴衣. 여름에 또는 목욕하고 난 다음에 입는 얇은 기모노.

어제 도착했어. 별 볼 일 없는 곳이야. 다다미 15장짜리 방에서 묵고 있어. 여관에 팁을 5엔 줬지. 여주인이 머리를 마룻바닥에 비벼 댔어. 어젯밤에는 잠을 못 잤어. 기요가 사사아메를 잎에 싼 채로 먹는 꿈을 꿨어. 내년 여름에는 돌아갈 거야. 오늘 학교에 가서 모두에게 별명을 붙여 줬지. 교장은 너구리, 교감은 빨강 셔츠, 영어 교사는 말라빠진 호박, 수학은 고슴도치, 미술은 광대야. 다음에 또 여러 가지 얘기를 써서 보낼게. 안녕.

편지를 다 썼더니 기분이 좋아져서 잠이 쏟아지기에 조금 전처럼 방 한가운데 기다랗게 대자로 누웠다. 이번에는 꿈도 꾸지 않고 푹 잤다. "이 방인가?"라는 큰 소리에 눈을 떠 보니 고슴도치가 방으로 들어왔다. "아까는 미안했네. 자네가 맡을 반은……."이라면서, 내가 일어나자마자 담판을 지으려 드는 바람에 어안이 벙벙했다. 얘기를 들어 보니 그리 대단할 것도 없어 보여서 승낙했다. 이 정도 일이라면 모레는커녕 내일부터 당장 시작하라고 해도 놀라지 않을 것이다. 수업 얘기가 끝나자 "자네, 언제까지나 이런 여관에 있을 생각은 아니겠지. 내가 괜찮은 하숙을 주선해 줄 테니 옮기게. 다른 사람이 얘기하면 안 받아 줄지 몰라도 내가 말하면 바로 방을 마련해 줄 거야. 빠를수록 좋으니 오늘 가서 보고, 내일 옮기고, 모레부터 학교에 나가면 딱 맞겠어."라며 혼자 계획을 다 세워 놨다. 하긴, 다다미 15장짜리 방에 언제까지나 머물 수는 없었다. 월급을 죄다 숙박비로 내도 모자랄지 모른다. 팁을 5엔이나 주었는데 바로 옮기자니 좀 아까웠지만 어차피 옮길 거라면 빨리 옮겨서 정착하는 게 편할 테니 그 문제는 기꺼이 고슴도치에게 부탁하기로 했다. 그랬더니 고슴도치가 "어쨌든 함께 가 보세."라고 하기에 따라갔다. 동구 밖 언덕 중턱에 있는 집으로 매우 한산하고 조용한 곳이었다. 주인은 골동품을 매매한다는 이카긴이라는 사내였고, 안주인은 남편보다 네 살쯤 많아 보이는 여자였다. 중학교에 다닐 때 위치witch라는 말을 배웠는데 이 안주인은 그 말과 꼭 닮았다. 마녀라도 다른 사람 마누라니 상관은 없다. 결국 내일 이사하기로 했다. 돌아오는 길에 큰길에서 고슴도치가 얼음물 한 잔을 사 줬다. 학교에서 봤을 때는 아주 건방지고 무례한 녀석이라고 생각했는데 이렇게 여러 가지로 뒤치다꺼리를 해 주는 것을 보니 나쁜 사람 같지는 않았다. 단, 나처럼 성질이 급하고 욱하는 성격이 있는 듯했다. 나중에 듣자하니 이 사내가 학생들 사이에서 가장 인망이 높은 선생이라고 한다.

3

드디어 학교에 나갔다. 처음으로 교실에 들어가 높은 곳에 올랐을 때는 왠지 기분이 이상했다. 수업을 하면서 '나 같은 사람도 선생을 할 수 있을까?'라는 생각이 들었다. 학생들은 시끄럽다. 지금까지 물리 학교에서 매일 "선생님, 선생님." 하고 부르기만 했는데 선생님이라고 부르는 것과 불리는 것은 하늘과 땅 차이다. 왠지 모르게 발바닥이 간질거린다. 나는 비겁한 인간은 아니다. 겁쟁이도 아니지만 애석하게도 담력이 부족하다. 누가 "선생님." 하고 큰 소리로 부르면, 배가 고플 때 도쿄 마루노우치에서 정오를 알리는 대포 소리를 들은 듯한 기분이 들었다. 첫 번째 한 시간은 어느 틈엔가 적당히 지나가 버렸다. 하지만 특별히 어려운 질문도 없이 끝났다. 교무실로 돌아왔더니 고슴도치가 "어때?"라고 물었다. "그럭저럭."이라고 간단하게 대답했더니 고슴도치는 안심한 듯했다.

두 번째 시간에 분필을 들고 교무실을 나설 때에는 적지로 뛰어드는 기분이었다. 교실로 들어서니 그 반에는 저번 반보다 커다란 녀석들만 있었다. 나는 도쿄 사람이라 조그맣고 말랐기 때문에 높은 곳에 올라서도 좀처럼 위압감을 주지 못한다. 싸움이라면 스모 선수하고도 할 수 있지만 이런 고깃덩이 같은 녀석들을 40명이나 눈앞에 앉혀 놓고 세 치 혀를 놀려서 그들을 제압할 만한 기술은 없다. 하지만 이런 촌놈들에게 한번 약점을 잡히면 끝까지 가리라고 생각했기 때문에 되도록 커다란 목소리로, 조금 혀를 말아 도쿄 토박이 말투를 내며 수업했다. 처음에는 학생들도 이 전략에 말려들었는지 멍하니 앉아 있었다. 꼴좋다고 생각하며 더욱 신이 나서 혀를 말아 댔더니 가장 앞줄 한가운데 있던, 가장 세 보이는 녀석이 갑자기 자리에서 일어나 "선상님." 하고 부른다. 드디어 왔구나 하고 생각하면서 "뭐지?"라고 물었더니 "겁나 빨라서 못 알아듣겠어유. 설렁설렁 해 줘유, 쪼매."라고 말했다. '설렁설렁 해 줘유, 쪼매.'라니 건방진 말이다. "너무 빠르다면 천천히 해 주겠지만 나는 도쿄 사람이라서 너희들이 쓰는 말은 모른다. 잘 모르겠으면 알게 될 때까지 기다리도록."이라고 대답했다. 이런 식으로 두 번째 시간은 생각보다 잘 끝마쳤다. 다만, 막 교실에서 나오려는데 학생 하나가 "이 문제 좀 가르쳐 줘유, 쪼매."라며 풀 수 없을 듯한 기하학 문제를 가지고 와서 덤벼드는 바람에 식은땀을 흘렸다. 하는 수 없이 "잘 모르겠으니 다음번에 가르쳐 주겠다."고 말하고 서둘러 교실에서 나왔더니 학생들이 와아 하며 떠들어 댔다. 그 속에서 "모른디, 몰러."라는 소리도 들려왔다. '멍청한 녀석들. 당연히 선생한테도 모르는 게 있는 법이야. 모르는 것을 모른다고 했는데 뭐가 우스워? 그런 문제를 아는 사람이 40엔 받자고 이런 촌구석까지 올 거 같아?'라고 생각하며 교무실로 돌아왔다. "이번에는 어땠어?"라며 다시 고슴도치가 물었다. "그럭저럭." 하고 대답했지만 그럭저럭이라는 말로는 성에 차질 않아서 "이 학교 학생들은 알다가도 모르겠어."라고 대답했다. 고슴도치가 묘한 표정을 지었다.

세 번째 시간도, 네 번째 시간도, 점심시간 다음에 있는 첫 번째 시간도 크게 다를 바가 없었다. 첫날 들어간 반에서는 전부 조금씩 실수를 했다. 교사란 보기보다 그리 편한 직업이 아니라는 생각이 들었다. 수업은 다 끝났지만 아직 돌아갈 수 없었다. 3시가 될 때까지 혼자 멍하니 기다려야 한다. 3시가 되면 담임을 맡은 반 학생이 자기 교실을 청소한 뒤 끝났다고 알리러 오니 검사해야 한다고 했다. 그리고 출석부를 한 번 살펴본 뒤에야 간신히 자기 시간이 생긴다. 아무리 월급을 받는 몸이라고는 하지만, 빈 시간에도 학교에 묶여서 책상과 눈싸움을 해야 하다니 이런 법이 어디 있는가? 하지만 다른 사람들은 모두 조용히 규칙에 따라서 행동하고 있는데 신참인 나만 죽는 소리를 하는 것도 좋지 않겠다 싶어서 그냥 참았다. 돌아

가는 길에 "이봐, 누가 뭐래도 3시가 넘도록 학교에 있어야 한다는
건 한심하기 짝이 없지 않나?" 하고 고슴도치에게 호소했다. 고슴도
치는 "맞아. 아하하하."라고 웃다가 잠시 뒤에 진지한 얼굴로 "자네,
학교에 대해서 너무 불평하면 안 돼. 할 거면 나한테만 하라고. 꽤
이상한 사람들도 있으니까."라며 충고하듯 말했다. 네거리에서 헤어
졌기 때문에 자세한 얘기를 들을 틈이 없었다.

그렇게 집으로 돌아오니 하숙집 주인이 "차를 마십시다." 하며 찾
아왔다. 차를 마시자고 하기에 끓여 주려나 했더니 내 차를 덥석 집
어다 끓여서 자기가 마신다. 이것을 보니 어쩌면 내가 없을 때도 제
멋대로 '차를 마십시다.'를 실천하고 있을지도 모르겠다. 주인은 "저
는 고화古畵를 좋아해서 남모르게 이런 장사를 시작했습니다. 제가
보기엔 선생님도 꽤나 풍류를 즐기는 분 같습니다. 취미 삼아 한번
해 보면 어떻겠습니까?"라며 어처구니없는 권유를 했다. 2년 전, 어떤
사람의 심부름으로 제국호텔에 갔을 때는 문 고치는 사람 취급을
받았다. 담요를 뒤집어쓰고 가마쿠라에 있는 대불大佛을 봤을 때는
인력거꾼이 날 형님이라고 불렀다. 그 외에도 지금까지 나를 잘못
보는 사람들은 꽤 많았지만 아직 나한테 꽤 풍류를 즐기는 분이라
고 말한 사람은 없었다. 옷차림이나 모습을 보면 대강은 알 수 있다.
그림을 보더라도, 풍류를 아는 사람은 두건을 쓰거나 단자쿠*를 들
고 있는 법이다. 이런 나에게 풍류를 아는 사람이라고 진지하게 말

---

* 短冊. 시를 적는 기다란 종이.

하다니 보통 미심쩍은 자가 아니다.

나는 그런 한가로운 영감이나 하는 걸 좋아하지 않는다고 했더니 주인은 헤헤헤헤 웃으면서 "아니, 처음부터 좋아하는 사람은 아무도 없지만 일단 이 길에 한번 빠져들면 좀처럼 벗어나지 못합니다." 라고 하고는 혼자서 차를 따라 손을 묘하게 놀리며 마셨다. 사실은 어젯밤에 차를 사다 달라고 부탁했는데, 이렇게 씁쓸한 맛이 진한 차는 좋아하지 않는다. 한 잔만 마셔도 위가 아리다. 다음부터는 좀 덜 쓴 것으로 사다 달라고 했더니 "알겠습니다."라며 또 한 잔을 따라 마신다. 남의 차라고 마구 마셔 대는 녀석이다. 주인이 돌아간 뒤에 내일 가르칠 데를 대강 훑어보고 바로 자 버렸다.

그리고 매일매일 학교에 가서 규칙대로 일을 하고 매일매일 하숙에 돌아오면 주인이 "차를 마십시다."라며 내 방으로 건너왔다. 일주일 정도 지나자 학교가 돌아가는 모습도 어느 정도 파악할 수 있었고, 하숙집 부부의 인물 됨됨이도 대체로 알 수 있었다. 다른 교사들에게 물어보니 지령을 받은 지 일주일에서 한 달 정도 되는 동안에는 자신에 대한 평판이 좋은지 나쁜지 아주 신경 쓰인다고 했지만 나는 전혀 그렇지 않았다. 교실에서 때때로 실수를 하면 그때는 별로 기분이 좋지 않았지만 30분 정도 지나면 깨끗하게 사라졌다. 나는 무슨 일이든 오래 걱정을 하려 해도 그럴 수 없게 생겨 먹은 인간이었다. 교실에서 저지른 실수가 학생들에게 어떤 영향을 주고, 그 영향이 교장이나 교감에게 어떤 반응을 불러오는지 전혀 신경 쓰지 않았다. 앞에서도 말했듯이 나는 그렇게 담이 큰 사내는 아니었지만 한번 마음먹으면 그대로 밀어붙이는 녀석이었다. 이 학교가 영 글러먹었으면 바로 다른 곳으로 갈 각오를 하니 너구리도 빨강 셔츠도 전혀 무섭지 않았다. 그리고 교실의 풋내기들에게 사랑이나 칭찬을 줄 마음도 없었다. 학교는 그런 대로 괜찮았지만 하숙은 그렇지 못했다. 주인이 차를 마시러 오기만 했다면 참을 수 있었겠지만, 여러 가지 물건들을 가지고 왔다. 처음에 가지고 온 것은 만능 도장이었다. 열 종류 가까이 되는 것들을 늘어놓고 전부 3엔이면 거의 공짜나 다름없으니 사라는 것이다. 시골을 찾아다니는 떠돌이 화가도 아니고 그런 건 필요 없다고 했더니 이번에는 가잔인지 뭔지 하는 사람의 화조도花鳥圖 족자를 가져왔다. 자기 혼자 도코노마에 걸어 놓고 "좋지 않습니까?"라고 하기에 "그런가?"라고 적당히 겉치레 말을 둘러댔더니, "가잔이란 사람은 두 명이 있죠. 한 명은 무슨무슨 가잔이고, 또 다른 한 명은 무슨무슨 가잔인데 이 그림은 그 무슨무슨 가잔의 그림입니다."라며 쓰잘머리 없는 설명을 했다. 그러더니 "어떻습니까? 선생님에게는 15엔에 드리겠습니다. 사 두세요."라고 재촉한다. 돈이 없다고 거절하자 "돈은 언제 줘도 상관없습니다."라며 물러설 줄 몰랐다. 돈이 있어도 안 살 거라며 내쫓아 버렸다. 그 다음에는 귀와*만큼 커다란 벼루를 짊어지고 왔다. "이건 땅케**입니

---

* 鬼瓦. 귀신 모양의 혀가 달린 커다란 기와로, 용마루 끝에 단다.
** 端渓. 단계석으로 만든 벼루를 가리키는 '단계연'의 약자. 고맙다는 뜻의 독일어 'danke당케'와 발음이 비슷한 것을 이용한 언어유희로 보인다.

다. 땅케입니다."라며 두 번이고 세 번이고 땅케, 땅케하기에 재미삼아서 "땅케가 뭐래유?"라고 물었더니 곧장 설명을 시작했다. "땅케에는 상층, 중층, 하층이 있는데 요즘 것들은 전부 상층이지만 이건 틀림없는 중층입죠. 눈*이 세 개나 있는 건 드뭅니다. 먹도 아주 잘 갈려요. 시험 삼아 한번 해 보세요."라며 커다란 벼루를 내 앞으로 쑥 밀어 놓는다. 얼마냐고 물었더니 "소유자가 중국에서 들고 와서는 꼭 팔고 싶다고 하니 싸게 30엔에 드립죠." 란다. 이 사내는 바보임에 틀림없다. 학교 문제는 그럭저럭 별 탈 없이 넘어갈 수 있겠지만 이 골동품 공격에는 오래 못 견딜 듯했다.

곧 학교에도 싫증이 났다. 어느 날 밤, 오마치라는 곳을 산책하다가 우체국 옆에서 메밀국수라고 쓰고 그 아래에 도쿄라는 말을 덧붙인 간판을 발견했다. 나는 메밀국수를 아주 좋아한다. 도쿄에 있을 때도 메밀국수집 앞을 지나가다가 그 냄새를 맡으면 무슨 일이 있어도 들어가고 싶어졌다. 지금까지는 수학과 골동품 때문에 메밀국수를 잊고 있었는데 이렇게 간판을 보니 그냥 지나칠 수가 없었다. 잘됐다 하고 한 그릇 먹고 가려고 안으로 들어섰다.

들어가 보니 간판과는 영 딴판이었다. 도쿄라고 덧붙여 놓았으니 조금 더 잘 꾸몄으면 좋았을 텐데. 도쿄를 모르는지 돈이 없었는지 참으로 더럽다. 다다미는 색이 바랜 데다가 흙이 버석버석 밟혔다. 벽은 그을음으로 새카맸다. 천장은 램프에서 나오는 기름때로 시커

---

* 단계연의 표면에 있는 둥근 무늬. 눈이 많을수록 고급품으로 여긴다.

멓게 찌들었을 뿐만 아니라 낮아서 나도 모르게 고개를 움츠렸다. 그렇지만 깨끗하게 메밀국수 이름을 적어 붙인 가격표는 새것이었다. 낡은 것을 사들여서 2, 3일 전부터 장사를 시작한 것임에 틀림없었다.

가격표 맨 위에 튀김메밀국수가 있었다. "여기, 튀김메밀국수 줘요."라고 커다란 소리로 말했다. 그러자 지금까지 구석에 셋이 모여서 뭘 훌쩍훌쩍 쭉쭉 먹고 있던 무리들이 하나같이 나를 바라본다. 방이 어두워서 몰랐는데 얼굴을 마주하니 모두 학교 학생들이었다. 그쪽에서 인사를 해서 나도 인사했다. 그날 밤에는 오랜만에 메밀국수를 먹어서인지 맛이 있어서 튀김메밀국수를 네 그릇이나 먹어 치웠다.

다음 날, 평소와 다름없이 교실로 들어서니 칠판이 가득 찰 만큼 커다란 글씨로 '튀김메밀국수 선생'이라고 적혀 있었다. 내 얼굴을 보더니 모두가 와아 하고 웃었다. 나는 하도 어이가 없어서 "튀김메밀국수를 먹지 말라는 법이라도 있나?"라고 물었다. 그러자 학생 중 한 명이 "그래도 네 그릇은 많쥬, 쪼매."라고 했다. "네 그릇을 먹든 다섯 그릇을 먹든 내가 내 돈 내고 먹겠다는데 뭔 말들이 많아?"라며 잽싸게 수업을 마치고 교무실로 돌아왔다. 10분 후에 다음 교실로 들어갔더니 칠판에 '한 번에 튀김메밀국수 네 그릇이라. 다만 웃지 말 것.'이라고 적혀 있었다.

아까는 그렇게 거슬리지 않았지만 이번에는 화가 났다. 농담도

도가 지나치면 악담이 된다. 떡을 새카맣게 구워 놓는다면 아무도 칭찬하지 않을 것이다. 촌놈들은 어느 정도까지 해야 하는지 몰라서 끝없이 떠들어 대도 괜찮다고 생각하나 보다. 한 시간만 걸으면 더 이상 구경할 것도 없는 좁은 마을에 살면서 다른 재미있는 일이 없으니 튀김메밀국수 사건을 러일전쟁처럼 떠들어 대는 것이리라. 불쌍한 녀석들이다. 어렸을 때부터 이런 식으로 교육을 받기 때문에 묘하게 비틀어진 분재 화분의 단풍나무처럼 속 좁은 어른이 되고 만다. 사심 없이 하는 짓이라면 같이 웃어넘길 수도 있지만, 이건 대체 뭘 어쩌란 말인가? 어린 녀석들이 고약한 독기를 품고 있다.

나는 말없이 튀김메밀국수를 지우고 "이런 장난이 재밌나? 비겁한 농담이다. 너희들은 비겁하다는 말의 뜻을 아나?"라고 했더니 "자기 행동을 남들이 웃는다고 해서 화를 내는 게 비겁한 거 아닌가유."라고 대답하는 녀석이 있었다. 정나미 떨어지는 녀석이다. 이런 녀석들을 가르치려고 도쿄에서 일부러 왔나 하는 생각이 들자 스스로가 한심해졌다. "쓸데없는 소리 하지 말고 공부나 해."라고 말하고 수업을 시작했다. 그러고 나서 다음 교실에 들어가 보니 '튀김메밀국수를 먹으면 변명하고 싶어지는 법.'이라고 적혀 있었다. 정말 어쩔 수 없는 녀석들이다. 너무 화가 나서 "이런 건방진 녀석들은 못 가르치겠다."고 말하고 그대로 집으로 돌아왔다. 학생들은 수업이 없어져서 기뻐했다고 한다. 이래서야 학교보다는 골동품이 훨씬 더 낫겠다.

집에 돌아와서 하룻밤 자고 나니 튀김메밀국수 사건도 그렇게 화낼 일이 아니라는 생각이 들었다. 학교에 나갔더니 학생들도 나와 있었다. 뭐가 어떻게 돌아가는 건지 모르겠다. 그 후로 사흘 정도는 별일 없이 지내다 나흘째 되던 날 밤에 스미타라는 마을에서 떡꼬치를 먹었다. 이 스미타라는 곳은 온천이 있는 마을로 시내에서 기차로 10분 정도, 걸어서는 30분 정도 떨어져 있다. 요리점과 온천장, 공원은 물론이고 유곽까지 있는 마을이다. 내가 들어갔던 떡꼬치집은 유곽 입구에 있었는데 아주 맛있다는 평판을 들어서 온천에 갔다 돌아오는 길에 한번 먹어 봤다. 이번에는 학생들도 보지 못했으니 아무도 모를 것이라고 생각했다. 다음날 학교에 가서 첫 번째 교실에 들어섰더니 '떡꼬치 두 접시 7센'이라고 적혀 있었다. 실제로 나는 두 접시를 먹고 7센을 냈다. 정말 귀찮은 녀석들이다. 두 번째 시간에도 틀림없이 뭔가 있을 거라고 생각했는데 '유곽의 떡꼬치, 맛있다, 맛있다.'라고 적혀 있었다. 넌덜머리 나는 녀석들이다.

그것으로 떡꼬치 사건이 끝났나 싶었는데 이번에는 '빨간 수건'이 화젯거리가 되었다. 무슨 일인가 했더니 참으로 웃기지도 않은 것이었다. 이곳에 오고 나서 나는 매일 스미타에 있는 온천에 다니기로 마음먹었다. 다른 곳은 어디를 가 봐도 전부 도쿄 발끝에도 미치지 못했지만 온천만큼은 일품이었다. 이왕 왔으니 매일 온천에나 가자 하고 저녁을 먹기 전에 운동 삼아서 다녀오곤 했다. 갈 때면 언제나 커다란 수건을 들고 갔다. 이 수건은 빨간 줄무늬가 있는 데다가 온천수에 물들어서 언뜻 보면 빨간색으로 보인다. 나는 이 수건을 갈 때나 돌아올 때나, 기차를 탈 때나 걸을 때나 늘 들고 다녔다. 그래서 학생들이 나를 빨간 수건, 빨간 수건 하고 부른단다. 조그만 마을에서 살다 보면 아무래도 귀찮은 법이다.

그것뿐만이 아니었다. 온천은 3층짜리 신축 건물로, 고급탕은 유카타를 빌려 주고 등을 밀어 주는데도 8센밖에 안 했다. 그리고 여자가 사발에 차를 담아 내온다. 나는 언제나 고급탕을 이용했다. 그러자 월급을 40엔 받으면서 매일 고급탕을 이용하는 것은 사치라는 소리가 들렸다. 쓸데없는 참견이다. 또 있다. 욕탕은 화강암을 쌓아 만들었는데 넓이는 다다미 15장짜리 방만했다. 대부분 열서너 명 정도 되는 사람들이 있지만 가끔은 아무도 없었다. 일어서면 물이 젖꼭지 부근까지 올 정도의 깊이라서 운동 삼아 수영을 하면 기분이 아주 상쾌했다. 나는 사람이 없을 때면 다다미 15장 넓이의 탕 속을 헤엄치며 돌아다니길 즐겼다. 그러던 어느 날, 3층에서 기세 좋게 내려와 '오늘도 수영을 할 수 있으려나?' 싶어서 문틈으로 들여다보니 커다란 간판에 검은 글씨로 '탕에서 수영 금지'라고 써 붙였다. 탕 속에서 수영하는 사람은 그리 많지 않을 테니 이 간판은 어쩌면 나 때문에 특별히 만든 것일지도 몰랐다. 그 다음부터 나는 수영을 포기했다. 그렇지만 학교에 가니 예전과 다름없이 칠판에 '탕에서 수영하지 말 것.'이라고 쓰여 있어서 놀랐다.

왠지 전교생이 나 하나를 감시하는 것만 같았다. 우울해졌다. 학

생들이 뭐라고 하든 마음먹은 일을 그만둘 내가 아니었지만 뭐하자
고 이런 숨 막히고 좁아터진 곳에 왔는지 한심했다. 집으로 돌아가
면 변함없이 골동품이 공격했다.

4

학교에는 숙직이라는 것이 있어서 직원들이 번갈아 가며 담당한다. 단, 너구리와 빨강 셔츠는 예외였다. 어째서 이 두 사람은 숙직이라는 당연한 의무를 면제받느냐고 물었더니 주임대우奏任待遇를 받기 때문이라고 한다. 월급은 많이 받고 일하는 시간은 짧은데 거기다 숙직까지 면제라니 이런 불공평한 대우가 어디 있단 말인가? 제멋대로 규칙을 만들어 놓고 당연히 그렇게 해야 한다는 표정을 짓고 있다. 어떻게 저렇게 뻔뻔스러운지. 이 문제에 대해서는 상당한 불만을 품고 있었는데 고슴도치의 말에 따르면 혼자서 제아무리 불평을 늘어놓아도 들어주지 않는다고 했다. 혼자가 됐든 둘이 됐든 옳은 일이라면 관철시킬 수 있는 법이다.

고슴도치는 'Might is right(힘이 정의다.)'라는 영어를 인용해 가면서 계속 타일렀지만 나는 무슨 뜻인지 잘 몰라서 되물어 보니 강자의 권리라는 의미였다. 강자의 권리라면 나도 옛날부터 잘 알고 있었다. 새삼스레 고슴도치에게 설명을 들을 필요는 없다. 강자의 권리와 숙직은 다른 문제다. 너구리와 빨강 셔츠가 강자라니 나는 인정할 수 없었다.

논의는 논의였고, 어쨌든 드디어 내가 숙직을 설 차례가 되었다. 원래 성격이 예민해서 내 이불에서 편하게 자지 않으면 제대로 잤다는 느낌이 들지 않는다. 어렸을 때부터 친구 집에서 잔 적이 거의 없을 정도였다. 친구 집도 싫어했는데 학교에서 숙직하는 것은 죽을 만큼 싫었다. 그렇지만 이것도 40엔에 포함되어 있는 일이라니 어쩔 수 없었다. 꾹 참고 숙직을 서 주자.

교사와 학생들이 모두 돌아간 뒤에 혼자 멍하니 있으니 참으로 따분했다. 숙직실은 교실 뒤쪽에 있는 기숙사 서쪽 끝에 있었다. 잠깐 들어가 보았는데 지는 해를 그대로 받아 숨이 막혀서 있을 수가 없었다. 시골이라 그런지 가을이 와도 오랫동안 더위가 가시지 않았다. 학생들이 먹는 밥을 가져다 저녁을 먹었는데 그렇게 맛없는 밥은 처음이었다. 이런 밥을 먹으면서 참 잘도 날뛴다. 그리고 저녁을 4시 반에 서둘러 먹는 것을 보면 틀림없이 호걸들일 게다. 밥은 먹었지만 아직 해가 지지 않았으니 잘 수도 없는 노릇이었다. 잠깐 온천에 다녀오고 싶었다. 숙직이면서 밖에 나가는 것이 잘하는 일인지 어쩐지는 몰랐지만 이렇게 아무 일 없이 멍하니 금고형을 받은 사람처럼 괴롭힘 당하는 것은 견딜 수 없었다. 처음 학교에 왔을 때 "당직 서는 선생님은 어디 있지?"라고 물었더니 "잠깐 볼일이 있어서 나가셨습니다." 하고 대답하는 사환의 말을 듣고 이상하다고 생각했는데 내 차례가 되고 보니 그 마음을 알 것 같았다. 나가는 것이 옳았다. 내가 사환에게 잠깐 나갔다 오겠다고 말했더니 "볼일이라도 있으세요?"라고 묻기에 볼일이 아니라 온천에 간다고 대답하고 얼른 나와 버렸다. 빨간 수건을 하숙집에 놓고 와서 좀 아쉬웠지만 오늘은 온천에서 빌리기로 했다.

그런 다음 아주 여유 있게 탕 속을 드나들다가 해가 질 무렵이 돼서야 드디어 기차를 타고 고마치 역까지 와서 내렸다. 여기서부터 학교까지는 4정* 정도 떨어져 있다. 식은 죽 먹기라며 걷기 시작했는데 맞은편에서 너구리가 걸어왔다. 너구리는 지금부터 이 기차를 타고 온천에 갈 모양이었나 보다. 성큼성큼 급한 걸음으로 다가왔는데 서로 스쳐 지날 때 내 얼굴을 보기에 가볍게 인사했다. 그러자 너구리는 "선생님, 오늘 숙직 아니었습니까?"라며 진지한 얼굴로 묻는다. '숙직 아니었습니까?'는 또 뭐란 말인가? 두 시간 전에 나한테 "오늘 밤 첫 숙직이죠? 고생하세요."라고 인사하지 않았던가? 교장이 되면 다들 저렇게 비꼬는 식으로 말해야 하는 건가? 나는 울컥 화가 치밀어 올라서 "네, 숙직입니다. 지금부터 돌아가서 잠은 확

---

* 丁. 거리의 단위. 1정은 110미터 정도 된다.

실히 학교에서 자겠습니다."라고 내뱉듯 말하고 걸었다.

다테마치의 네거리까지 오자 이번에는 고슴도치와 마주쳤다. 역시 좁은 곳이다. 밖에 나와 돌아다니다 보면 반드시 누군가 아는 사람을 만나게 된다. "이봐, 자네 숙직 아니었나?"라고 묻기에 "응, 숙직이야."하고 대답했더니 "숙직이 함부로 나돌아 다니다니 큰일 나려고 그래?"라고 했다. "큰일 날 거 뭐 있겠나? 나돌아 다니지 않는 게 더 큰일이지."라며 거드름을 피웠다. "자네의 그 흐리터분한 성격도 참 문제구먼. 교장이나 교감을 만나면 귀찮아질 거야."라며 고슴도치답지 않은 말을 하기에 "교장이라면 조금 전에 만났네. 교장이 '더울 때 산책이라도 하지 않으면 숙직도 중노동이죠.' 하면서 산책하는 나를 칭찬하던데."라고 말하고 귀찮아서 재빨리 학교로 돌아왔다.

그러고 나서 바로 해가 저물었다. 해가 진 뒤 두 시간 정도 사환을 숙직실로 불러서 얘기했지만 그것도 싫증이 나서 잠은 못 자더라도 잠자리에 들려고 잠옷으로 갈아입고, 모기장을 치고, 빨간 담요를 걷어 젖히고, 엉덩방아를 찧은 뒤 천장을 보고 누웠다. 내가 잠을 잘 때 쿵하고 엉덩방아를 찧는 것은 어렸을 때부터 있던 버릇이었다. 오가와마치에서 하숙할 때, 아래층에 살던 법률 학교 학생이 나쁜 버릇이라며 불평하러 온 적이 있었다. 법률 학생이란 녀석들은 힘도 없는 주제에 쓸데없이 입만 살아서 같잖은 말을 길게 늘어놓는다. 그래서 "잘 때 쿵쿵 소리가 나는 것은 내 엉덩이가 잘못돼서 그런 게 아니라 하숙집 건물이 부실해서 그런 거다. 불평을 하려면 하숙집에 해라." 하고 묵사발을 만들어 버렸다.

이 숙직실은 2층이 아니니까 아무리 세게 넘어져도 상관없다. 아주 세게 눕지 않으면 잤다는 기분이 들지 않는다. "아, 기분 좋다."라며 다리를 쭉 폈는데 뭔가가 두 다리로 날아들었다. 거칠거칠한 것이 벼룩 같지는 않았다. 그래서 "뭐야?"라며 놀라 담요 속에서 다리를 두세 번 흔들었다. 그러자 거칠거칠하던 것이 갑자기 늘어나서 정강이에 대여섯 개, 허벅지에 두어 개, 엉덩이 밑에서 버석 하고 눌려 터진 것이 하나, 배꼽 부근까지 튀어 오른 것이 하나였다. 깜짝 놀랐다. 벌떡 일어나 담요를 휙 젖혀 보니 담요 속에서 메뚜기 50, 60마리가 뛰쳐나왔다.

정체를 모를 때에는 조금 기분이 나빴지만 메뚜기라는 사실을 알고 나니 갑자기 화가 치밀어 올랐다. 메뚜기 주제에 사람을 놀라게 하다니, 어디 두고 보자 하고 베개를 집어 두세 번 내리쳤지만 상대가 너무 작아서 기세 좋게 내리치는 것에 비해 별 효과가 없었다. 하는 수 없이 다시 담요 위에 앉아서 대청소 때 빗자루로 다다미를 털어 내듯이 주변을 마구 쳤다. 메뚜기는 놀란 데다가 베개로 내리치는 반동 때문에 튀어 올랐다. 그 바람에 내 어깨와 머리, 코끝에 들러붙기도 하고 부딪히기도 했다. 얼굴에 붙은 녀석을 베개로 내리칠 수는 없어서 손으로 잡아 힘껏 내던졌다. 분하게도 아무리 힘껏 내던져도 모기장에 부딪혀서 모기장만 들썩할 뿐 아무 효과도 없었다. 메뚜기는 부딪힌 채 모기장에 붙어 있다. 죽기는커녕 다리 하나 다치지 않았다.

30분 정도 걸려서 간신히 메뚜기들을 퇴치했다. 빗자루를 들고 와서 메뚜기들의 시체를 쓸어 냈다. 사환이 와서 "무슨 일입니까?"라고 묻기에 "무슨 일이고 자시고 담요 속에 메뚜기를 기르는 녀석이 어디 있어? 한심한 녀석."이라고 야단을 쳤더니 "저는 모르겠는데요."라며 변명했다. "모르면 다야?" 하고 빗자루를 마루 쪽으로 던졌다. 사환은 조심조심 빗자루를 짊어지고 돌아가 버렸다.

나는 곧 기숙사 학생 중 대표자로 셋을 불러냈다. 그러자 여섯 명이 나왔다. 여섯 명이든 열 명이든 상관없다. 잠옷을 입은 채로 팔을 걷어붙이고 담판을 짓기 시작했다.

"왜 내 잠자리에 메뚜기를 넣은 거지?"

"메뚜기가 뭐래유?"라고 정면에 있는 어떤 녀석이 말했다. 너무나도 침착한 말투였다. 이 학교에서는 교장뿐만 아니라 학생들마저 비꼬는 듯한 말투를 쓴다.

"메뚜기를 모른단 말이야? 모른다면 보여 주지."라고 했지만 하필 전부 쓸어 내는 바람에 한 마리도 없었다. 다시 사환을 불러서 "아까 그 메뚜기를 가져와."라고 했더니 "벌써 쓰레기장에 버렸는데 주워 올까요?"라고 묻는다. "그래, 주워 와." 하니 사환은 급히 달려 나갔다가 얼마 지나지 않아서 종이 위에 열 마리 정도 얹어 와서는 "안타깝지만 밤이라 이것밖에는 못 찾았습니다. 내일 더 주워 오겠습니다." 한다. 사환도 바보다. 나는 메뚜기 한 마리를 학생들에게 보이며 "바로 이게 메뚜기다. 덩치만 커다래 가지고 메뚜기도 모르다니 뭐 하는 녀석이야?"라고 했다. 그랬더니 제일 왼쪽에 있던 얼굴 둥근 녀석이 "그건 벼메뚜기잖어유, 글씨."라며 건방지게 윽박지르려 든다. "멍청한 녀석. 메뚜기나 벼메뚜기나 마찬가지 아니냐. 그리고 선생님한테 '글씨'라니 어디서 배워먹은 말버릇이야? 글씨는 글자를 쓴 걸 가리키는 거다."라며 반대로 윽박질렀더니 "그 글씨허구 이 글씨는 다르잖어유, 글씨." 한다. 아무리 얘기해도 '글씨'라고 할 녀석들이다.

"메뚜기든 벼메뚜기든 왜 내 이불 속에 넣은 거지? 내가 언제 메뚜기를 넣어 달라고 부탁한 적 있었나?"

"아무두 안 넣었는디유."

"안 넣었는데 왜 내 이불 속에 있는 거지?"

"벼메뚜기는 따슨 데를 좋아허니께 아마 혼자 들어가셨겠쥬."

"말도 안 되는 소리 하지 마. 메뚜기가 혼자서 들어가시다니. 그래서야 쓰겠나? 자, 왜 이런 장난을 했는지 얼른 말해 봐."

"뭘 말허려는 거여? 넣지도 않은 걸 어트케 설명허란 말이에유?"

치사한 녀석들이다. 자기가 한 일을 자기가 했다고 말하지 못할 바에는 처음부터 하지 않는 편이 낫다. 증거라도 내놓지 않으면 끝까지 시치미 뗄 생각으로 뻔뻔스러운 자세를 취하고 있다. 중학교에 다닐 때는 나도 조금 장난을 쳤다. 하지만 누가 그랬냐고 물어볼 때 뒤로 빼는 비겁한 짓은 한 번도 안 했다. 하면 한 것이고 안 했으면 안 한 것이다. 나 같은 사람들은 아무리 장난을 쳐도 마음이 깨끗하다. 거짓말을 해서 벌을 피할 생각이었다면 애초에 장난을 왜 친단 말인가? 장난과 벌은 한 몸과 같다. 벌이 있으니 장난도 기분 좋게 칠 수 있는 것이다. 장난만 치고 벌은 싫다니 이런 비열한 심보가 어디서 먹힌다고 생각하는 걸까? 돈은 빌려도 갚기 싫다고 뻗대는 것도 모두 이런 녀석들이 졸업해서 할 짓임에 틀림이 없다. 도대체 중학교에는 왜 들어왔단 말인가? 학교에 들어와서 거짓말하고, 속임수 쓰고, 뒤에 숨어서 남몰래 건방진 장난이나 치다가 잘난 척 졸업하면 교육 좀 받았다고 착각을 한다. 더 이상 말이 필요 없는 오합지졸들이다.

나는 이런 썩어 빠진 생각을 가진 녀석들과 계속 얘기했다가는 비위만 더 상할 것 같아서 "그렇게 말하지 않겠다면 더 이상 묻고 싶지도 않다. 중학교씩이나 들어와서 뭐가 품위 있는 행동인지도 구별하지 못하다니 정말 딱하다."라고 말하고 그 여섯을 돌려보냈다. 내 말이나 겉모습도 그렇게 품위 있는 편은 아니지만 그래도 마음만은 이 녀석들보다 훨씬 더 품위 있을 것이다. 여섯 명은 유유히 사라졌다. 겉모습은 교사인 나보다 훨씬 더 잘나 보인다. 하지만 실제로는 침착한 녀석일수록 더욱 나쁜 법이다. 내게 이 녀석들 같은 담력은 없다.

그러고 나서 다시 잠자리에 들어가 누웠는데 조금 전의 소동으로 모기장 안에서 모기가 앵앵거리는 소리가 들린다. 초롱불에 불을 붙여 한 마리씩 태워 죽이기 귀찮아서 모기장 줄을 떼어 길게 접은 다음 방 안에서 좌우로 흔들었다. 그런데 고리가 날아와서 손등을 때리는 바람에 눈물이 날 만큼 아팠다. 세 번째로 잠자리에 들었을 때, 조금 차분해지긴 했지만 좀처럼 잠이 오질 않았다. 시계를 보니 10시 30분이다. 생각할수록 귀찮은 곳이다. 어디를 가나 이런 녀석들을 상대해야 하다니 중학교 선생이란 불쌍하기 짝이 없는 직업이다. 선생이라는 자들이 끊이지 않고 나오는 게 신기할 정도다. 아주 참을성이 많은 벽창호들이리라. 나는 도저히 참을 수가 없다.

그러고 보면 기요는 대단한 사람이다. 교육도 받지 못했고 이렇다 할 신분도 아닌 할멈이지만 인간성은 매우 존귀하다. 지금까지는 그렇게 보살핌을 받으면서도 특별히 고맙다는 생각을 못했는데 이렇게 혼자 멀리 타향에 와서야 비로소 그 다정함을 느낄 수 있었다. 에치고의 사사아메가 먹고 싶다면 일부러 에치고까지 사러 가서 먹여 준다 해도 그만큼의 가치는 충분하다. 기요는 나를 보고 욕심 없고 올곧은 성품이라며 칭찬했지만 칭찬을 듣는 나보다도 칭찬하는 기요가 훨씬 더 훌륭한 인간이었다. 갑자기 기요가 보고 싶어졌다.

기요를 생각하면서 몸을 뒤척이는데 갑자기 내 머리 위에서, 숫자로 말하자면 30, 40명이나 될까 하는 학생들이 2층이 내려앉을 정도로 쿵, 쿵 하며 박자에 맞춰서 마룻바닥을 발로 구르는 소리가 들렸다. 그러더니 발소리에 맞춰서 커다란 함성이 일었다. 나는 무슨 일이 벌어졌나 하고 놀라서 벌떡 일어났다. 일어남과 동시에 '아하, 조금 전 일을 복수하려고 학생들이 난리를 피우고 있구나.'라는 생각이 들었다.

　나는 "너희들이 저지른 나쁜 짓은 잘못했다고 말하기 전까지 그 죄가 사라지지 않는 법이다. 너희들이 한 나쁜 짓은 너희들이 더 잘 알고 있을 것이다. 원래대로라면, 자고 일어나서 후회하는 마음이 들어 내일 아침에라도 사과하러 찾아오는 것이 도리다. 아니, 사과는 하지 않더라도 미안한 마음에서 조용히 잠이라도 자야지. 그런데 이 소란은 또 뭐냐? 기숙사를 지어 놓고 돼지를 기르는 것도 아닐 테고. 미치광이 같은 짓도 이제 적당히 해라. 어디 두고 보자."라며 잠옷을 입은 채로 숙직실에서 뛰쳐나가 계단을 두 단씩, 2층까지 뛰어올랐다.

　그러자 신기하게도, 분명히 조금 전까지는 머리 위에서 난리법석을 피웠는데 갑자기 조용해져서 사람 목소리는커녕 발소리도 들리지 않았다. 이건 좀 이상하다. 램프는 이미 꺼졌기 때문에 어두워서 어디에 누가 있는지 정확하게 알 수는 없지만, 사람이 있는지 없는지는 모습만 봐도 알 수 있다. 동쪽에서 서쪽으로 길게 뻗은 복도에는 쥐새끼 한 마리도 없었다. 복도 끝으로 달빛이 스며들어 저 멀리 끝 쪽만 눈부시게 밝았다. 아무래도 이상하다. 나는 어렸을 때부터 꿈을 꾸는 버릇이 있어서, 자다 말고 벌떡 일어나 밑도 끝도 없이 잠꼬대를 지껄이는 바람에 사람들의 웃음거리가 되곤 했다. 16,

17살 때는 다이아몬드를 주운 꿈을 꾸다가 갑자기 벌떡 일어나서 옆에 있던 형에게 "아까 그 다이아몬드 어쨌어?"라고 굉장한 기세로 물어볼 정도였다. 그때는 사흘 정도 집안의 웃음거리가 되어 큰 창피를 당했다. 나는 복도 한가운데서 '어쩌면 지금 이것도 꿈일지 몰라. 하지만 틀림없이 난리를 피웠는데.' 하고 생각에 잠겼다.

그런데 달빛이 비추고 있는 저쪽 끝에서 "하나, 둘, 셋. 와아."라며 30, 40명 정도 되는 사람들이 한목소리로 외치는 소리가 들리는가 싶더니 곧 아까처럼 일제히 박자에 맞춰서 마룻바닥을 발로 구르기 시작했다. 이것 봐. 꿈이 아니었다. 역시 사실이었다. "조용히 해. 지금은 한밤중이야!"라며 나도 지지 않을 만큼 커다랗게 소리 지르며 복도 끝을 향해서 뛰기 시작했다. 내가 지나는 곳은 어두웠다. 그저 저 끝에 보이는 달빛이 목표였다. 두 간* 정도 지났을까? 복도 한가운데서 크고 딱딱한 것에 정강이를 부딪혀 '아, 아파라.' 하고 머리로 느끼는 사이에 몸은 쿵 하고 앞으로 나둥그러졌다. "이런 제길." 하며 일어났지만 뛸 수가 없었다. 마음은 급한데 다리가 말을 듣지 않았다. 답답해서 한쪽 발로 뛰어갔더니 벌써 발소리도, 사람 목소리도 들리지 않고 쥐 죽은 듯 고요했다.

아무리 비겁하다 해도 이렇게까지 비겁할 수는 없었다. 이건 돼지와 다를 바 없다. 이렇게 된 이상 숨어 있는 녀석들을 끌어내서 사과를 받을 때까지 물러서지 않겠다고 결심하고 방문 하나를 열어

---

* 間. 길이의 단위. 한 간은 1.9미터 정도 된다.

안을 검사해야겠다고 생각했지만 문이 열리지 않았다. 자물쇠를 채웠는지 책상 같은 것을 쌓아 막았는지 아무리 밀어도 꿈쩍하지 않았다. 이번에는 맞은편에 있는, 북쪽을 향한 방문을 열어 보았다. 마찬가지로 열리지 않았다. 내가 문을 열어서 안에 있는 녀석들을 끄집어내려고 기를 쓰는 사이에 이번에는 동쪽 끝에서 함성과 함께 박자에 맞춰 발 구르는 소리가 들렸다. '이 녀석들, 서로 짜고 동서에서 번갈아가면서 나를 바보로 만들 생각이구나.' 싶었지만 도대체 어떻게 해야 할지 모르겠다. 솔직히 고백하자면 나는 용기에 비해서 지혜가 부족한 편이다. 이럴 때는 어떻게 해야 좋을지 전혀 감이 잡히지 않는다. 그래도 질 수는 없다. 이대로 물러선다면 내 체면이 말이 아니다. 도쿄 사람은 근성이 없다는 말을 들을 수는 없었다. 숙직을 서다가 코흘리개 아이들에게 골탕을 먹고도 어찌할 바를 몰라서 하는 수 없이 분을 삭이며 잠자리에 들었다는 말을 듣는다면 이건 내 평생 씻을 수 없는 불명예다. 이래봬도 근본은 하타모토*다. 하타모토의 근본은 세이와 겐지로, 다다노 만주의 자손**이다. 이런 촌놈들하고는 근본부터 다르다. 지혜가 조금 부족한 것이 안타까울 뿐이다. 어떻게 해야 좋을지 몰라서 어려움을 겪을 뿐이다. 어렵다고 해서 질 수는 없다. 솔직해서 어떻게 해야 할지 모른다. 이 세상

---

*　旗本. 에도 시대, 실질적인 최고 지도자였던 쇼군의 직속 무사. 하타모토는 직접 쇼군을 만날 자격이 있었으며 그 녹봉은 500석 이상, 만 석 미만이었다.

**　세이와 겐지清和氏는 9세기 중반에 재위한 세이와 천황의 자손을 가리키며, 다다노 만주多田の満仲는 세이와 천황의 증손자다.

에서 솔직함이 이기지 못한다면 달리 무엇이 이길 수 있을지 한번 생각해 보라. 오늘 밤에 이기지 못한다면 내일 이기겠다. 내일 이기지 못한다면 모레 이기겠다. 모레 이기지 못한다면 하숙집에서 도시락을 받아서라도 이길 때까지 여기에 있겠다.

나는 이렇게 결심하고 복도 한가운데 양반 다리를 하고 앉아서 날이 밝기를 기다렸다. 모기가 붕붕 덤벼들었지만 신경 쓰지 않았다. 조금 전에 부딪혔던 정강이를 쓰다듬어 보니 뭔가 끈적끈적했다. 피가 나는 것이리라. 날 테면 나라. 그렇게 앉아 있자니 방금 전까지의 피로가 몰려와서 깜빡 잠이 들고 말았다. 주위가 소란스러워서 눈을 떴을 때는 '이런, 큰일 났다.' 하는 생각이 들어 벌떡 일어났다. 내가 앉아 있던 곳의 오른쪽에 있던 문이 반쯤 열려 있고 학생 둘이 내 앞에 서 있었다. 퍼뜩 정신을 차림과 동시에 코앞에 있던 학생의 다리를 안아 있는 힘껏 끌어당겼더니 그 녀석은 철퍼덕하고 뒤로 나자빠졌다. 꼴좋다. 나머지 한 명이 잠시 주춤하는 틈을 타서 달려들어 어깨를 잡고 두세 번 흔들어 댔더니 어안이 벙벙한 듯 눈을 끔뻑거린다. "자, 내 방으로 와."라며 잡아당겼더니, 겁쟁이 녀석은 찍소리도 못하고 따라온다. 날은 밝은 지 오래였다.

내가 숙직실로 데려온 녀석을 다그치기 시작하자, 돼지는 어차피 돼지인지라 그저 "모르것는디유."라고만 대답하기로 했는지 결코 자백하지 않았다. 시간이 흐르자 한 명, 두 명 차례차례 2층에서 숙직실로 모여들었다. 바라보니 다들 졸린 듯 눈이 부어 있다. 나약하기 그지없는 녀석들이다. 하룻밤 자지 않았다고 저런 얼굴을 하고 서야 사내라고 할 수 있을까? "얼굴이라도 씻고 와서 얘기하자."고 했지만 아무도 씻으러 가지 않았다.

내가 50여 명을 상대로 한 시간가량 입씨름을 하는데 느닷없이 너구리가 나타났다. 나중에 들어보니 사환이 "학교에 큰일이 났습니다."라며 일부러 알리러 갔단다. 이런 걸로 교장을 부르다니 너무 배짱이 없다. 그 모양이니 중학교 사환밖에 못 되겠지.

교장은 대충 내 설명을 들었다. 학생들의 변명도 잠깐 들었다. "나중에 처분이 있을 때까지는 평소와 다름없이 학교에 다니도록. 얼른 세수하고 아침을 먹지 않으면 지각할 테니 서둘러라."라며 기숙생들을 모두 돌려보냈다. 미지근한 태도다. 나 같으면 그 자리에서 기숙생들을 전부 퇴학시켜 버렸을 텐데. 이렇게 느슨하게 일을 처리하니까 학생들이 숙직 선생을 만만하게 보는 것이다. 그런 다음 나를 보고 "이런 저런 걱정하느라 피곤했을 테니 오늘은 수업을 하지 않아도 돼요."라고 하기에 나는 "아닙니다. 전혀 걱정하지 않습니다. 이런 일이 매일 밤 일어난다 해도 목숨이 붙어 있는 한 전혀 걱정할 필요가 없습니다. 수업은 하겠습니다. 하룻밤 못 잤다고 수업을 못 할 거라면 차라리 월급을 학교에 돌려드리겠습니다."라고 대답했다. 교장은 무슨 생각을 했는지 한동안 내 얼굴을 가만히 들여다보다가 "그렇지만 얼굴이 아주 부었어요."라고 말해 주었다. 그 말을 듣자 얼굴이 조금 묵직한 느낌이 들었다. 그리고 얼굴 전체가

가려웠다. 모기에게 엄청나게 뜯긴 모양이었다. 나는 얼굴을 벅벅 긁으면서 "아무리 얼굴이 부었어도 입은 제대로 놀릴 수 있으니 수업에는 지장이 없습니다."라고 했다. 교장은 웃으면서 "정말 기운차네요."라고 칭찬했다. 하지만 실제로는 칭찬이 아니라 놀린 것이었으리라.

5

"낚시하러 가지 않겠습니까?"라고 빨강 셔츠가 내게 물었다. 빨강 셔츠는 기분 나쁠 만큼 나긋나긋한 목소리를 냈다. 남자인지 여자인지 도무지 알 수가 없다. 남자라면 남자다운 목소리를 내야 한다. 게다가 대학 졸업생이 아닌가? 물리 학교 졸업생인 나도 이만큼 사내다운 소리를 내는데 이래서야 문학사 체면이 서겠는가?

내가 "글쎄요."라고 별로 내키지 않는 듯이 대답하자 "낚시해 본 적이 있습니까?"라며 무례한 질문을 한다. 대단하게 한 적은 없지만 어렸을 때 어린 매화나무 가지 낚싯대로 붕어를 세 마리 낚아 봤다. 그리고 가구라자카의 비샤몬 잿날에는 8촌* 정도 되는 잉어가 바늘

---

* 寸. 길이의 단위. '치'와 같으며 1촌은 약 3센티미터에 해당한다.

을 물기에 옳다구나 싶었지만 똑 떨어져 버렸다. 이건 지금 생각해도 아깝다고 말했더니 빨강 셔츠는 턱을 앞으로 내밀면서 호호호호하고 웃었다. 그렇게 잘난 척하며 웃을 필요는 없지 않은가? "그럼 아직 손맛을 모르시겠네요. 원한다면 전수해 드리죠."라며 아주 자신만만하게 말한다. '누가 전수받고 싶댔나? 대체로 낚시나 사냥을 하는 사람들은 모두 인정 없는 인간들이다. 인정 있는 사람들이 살생을 즐길 리가 없다. 물고기나 새들도 죽는 것보다는 살아 있을 때 더욱 즐거울 것이다. 낚시나 사냥으로 생계를 꾸린다면 또 몰라도 뭐 하나 부족한 거 없이 살면서 생물을 죽이지 않으면 잠을 못 자다니, 배부른 소리다.'라고 생각했지만 상대가 문학사인 만큼 달변일 테니 입으로는 못 이기겠다 싶어서 아무 말도 하지 않았다. 그러자 이 선생이 나를 이겼다고 착각하고 "바로 전수해 드리겠습니다. 괜찮으면 오늘 어때요? 함께 가 봅시다. 요시카와하고 둘이 가면 영 심심하니 함께 갑시다." 하고 자꾸 권한다.

요시카와는 미술 선생, 그 광대를 말한다. 이 광대는 무슨 심산인지 빨강 셔츠네 집에 밤낮으로 드나들면서 어디든지 따라다닌다. 도무지 같은 무리로는 보이지 않았다. 마치 주종관계 같다. 빨강 셔츠가 가는 곳이라면 광대도 가기 마련이니 이제 와서 새삼스레 놀랄 필요는 없었지만, 둘이서 가면 될 것을 왜 무뚝뚝한 내게 같이 가자고 하는 걸까? 틀림없이 그 잘난 낚시 실력으로 자기가 고기 낚는 모습을 자랑하려는 속셈이리라. 그런 모습을 부러워할 내가 아니다. 다랑어를 두어 마리 낚는다 해도 꿈쩍도 하지 않을 것이다. 나도 사람이다. 아무리 서툴다 하더라도 줄만 늘어뜨리고 있으면 무엇인가 걸려들겠지. 여기서 내가 가지 않으면 저 빨강 셔츠는 내가 낚시를 싫어해서 가지 않는 게 아니라 낚시에 서툴러서 가지 않는다고 나쁜 쪽으로 생각할 것이다. 나는 이렇게 여기고 "가죠."라고 대답했다. 학교를 마치고 일단 집으로 돌아와서 채비를 갖춘 다음, 역에서 빨강 셔츠와 광대를 만나 해변으로 나갔다. 사공은 한 사람이었고, 좁고 긴 배는 도쿄 부근에서 본 적이 없는 모양이었다. 아까부터 배 속을 살펴보았지만 낚싯대는 하나도 보이지 않았다. "낚싯대가 없어도 낚시를 할 수 있나요? 대체 어쩔 생각이죠?" 하고 광대에게 물었더니 "바다낚시를 할 때 낚싯대는 필요 없어요. 줄만 있으면 돼요."라고 턱을 쓰다듬으며 전문가처럼 말했다. 이렇게 대꾸 한마디 못할 줄 알았다면 차라리 입을 다물고 있을 걸 그랬다.

사공은 천천히 노를 저었지만 숙련된 솜씨라, 되돌아보니 어느 틈엔가 해변이 작게 보일 만큼 멀리 나와 있었다. 숲 위로 솟아오른 고하쿠지라는 절의 오층탑이 바늘처럼 뾰족하게 보인다. 건너편을 바라보니 푸른 섬이 물 위에 떠 있다. 사람이 살지 않는 섬이라고 한다. 자세히 들여다보니 돌과 소나무밖에 없다. 그렇지, 돌과 소나무밖에 없으니 사람이 살 수 없겠지. 빨강 셔츠는 멀리 둘러보며 "경치 좋다."를 연발했다. 광대는 "절경이네요."라고 말했다. 절경인지 뭔지는 모르겠지만 틀림없이 기분은 상쾌했다. 널따란 바다 위에서 바닷바람을 쐬는 것은 즐거웠다. 이상하게 배가 고팠다.

"저 소나무 좀 보게. 줄기가 곧게 뻗어 있고 위가 우산처럼 벌어진 것이 터너*의 그림에나 나올 법하네."라고 빨강 셔츠가 말하자 광대는 "그야말로 터너의 그림이네요. 저 절묘하게 꺾인 모습 좀 보세요. 영락없이 터너예요."라며 아는 척을 한다. 터너가 무엇을 말하는지 알 수 없었지만 묻지 않아도 문제가 안 돼서 그냥 입을 다물었다. 배는 섬을 끼고 오른쪽으로 빙글 돌았다. 파도는 조금도 일지 않았다. 바다라고 생각할 수 없을 만큼 평화로웠다. 빨강 셔츠 덕분에 아주 상쾌한 기분을 맛보고 있다. 가능하다면 저 섬에 올라 보고 싶어서 "저 바위 있는 곳에 배를 댈 수 있습니까?"라고 물어보았다. "못 댈 건 없지만 기슭에 너무 가까우면 낚시하기 나빠요."라고 빨강 셔츠가 이의를 제기했다. 나는 아무 말도 하지 않았다. 그러자 광대가 "교감 선생님, 지금부터 저 섬을 터너 섬이라고 부르면 어떨까요?"라며 영양가 없는 의견을 냈다. 빨강 셔츠는 "그거 재밌는데. 우리 앞으로는 그렇게 부르세."라며 찬성했다. 그 우리 속에 나도 들어간다면 사양하겠다. 내게는 그저 푸른 섬으로 충분하다.

광대가 "저 바위 위에 라파엘로**의 마돈나를 갖다 놓으면 어떨까요? 아주 보기 좋을 겁니다."라고 하자 "마돈나 얘기는 그만두게나.

---

* Joseph Mallord William Turner(1775~1851). 풍경화로 유명한 영국의 화가.
** Raffaello Sanzio(1483~1520). 이탈리아 문예 부흥기의 화가 겸 건축가. 아름답고 온화한 마돈나, 즉 성모 마리아의 모습을 그리는 데 탁월했다.

호호호호."라며 빨강 셔츠가 기분 나쁜 소리로 웃었다. "뭐 어떻습니까, 아무도 없는데."라고 말하며 나를 힐끗 쳐다보더니 일부러 얼굴을 돌려서 빙글빙글 웃음을 짓는다. 나는 왠지 기분이 나빠졌다. 마돈나든 소돈나든 내 알 바 아니니 저들 마음대로 치켜세우면 그만일 것을 내가 모르는 얘기를 해 놓고서는 '모르면 물어봐도 좋습니다.' 하는 표정을 짓는다. 비천한 행동이다. 그러면서 자기도 도쿄 사람이라고 말하고 다닌다. 마돈나란 틀림없이 빨강 셔츠가 아끼는 게이샤의 별명이리라.

아끼는 게이샤를 무인도의 소나무 밑에 세워 두고 바라보다니 어처구니없는 짓이다. 그것을 광대가 유화로 그려서 전시회에 출품하면 참 멋지겠다.

"이쯤이 좋겠네유."라며 사공은 배를 세우고 닻을 내렸다. 빨강 셔츠가 "몇 길* 정도 되는가?"라고 묻자 여섯 길 정도라고 말했다. "여섯 길 정도라면 도미는 힘들겠군."이라면서 빨강 셔츠는 줄을 바다로 던져 넣었다. 대장 도미라도 잡을 생각인가 보다. 통도 크다. 광대는 "무슨 말씀이세요. 교감 선생님 솜씨라면 잡고도 남지요. 더군다나 여름이잖습니까?"라고 아부를 떨면서 자기도 줄을 꺼내 바다 속으로 집어넣는다. 끝에 추와 같은 납덩어리만 달려 있고 찌가 없었다. 찌 없이 낚시한다는 것은 온도계 없이 온도를 재는 것과 마찬가지가 아닌가? "자, 선생님도 해 보세요. 줄은 있나요?"라고 묻는다.

---

* 길이의 단위로 약 1.8미터에 해당한다.

"줄은 얼마든지 있지만 찌가 없어요."라고 했더니 "찌가 없다고 낚시를 못한다면 그건 풋내기지요. 이렇게요. 줄이 바닥에 닿으면 뱃전에서 검지로 움직임을 보는 거예요. 물면 손에 느낌이 와요. 엇, 왔다."라며 급히 줄을 감아올리기에 뭐가 걸렸나 싶어서 봤더니 아무것도 없었다. 미끼만 없어졌을 뿐이었다. 속이 다 시원했다.

"교감 선생님, 정말 아깝네요. 그놈 틀림없이 월척이었을 겁니다. 선생님 솜씨로도 놓친 걸 보면 오늘은 정신 차려야겠는데요. 하지만 놓쳐도 상관은 없지요. 찌하고 눈싸움이나 하는 사람들보다는 백번 나을 테니. 그런 사람들은 브레이크가 없다고 자전거 못 타는 사람이나 다름없죠."라며 광대는 알 수 없는 말만 한다. 두들겨 패고 싶어서 견딜 수가 없었다. 나도 사람이다. 교감 혼자서 전세를 낸 바다도 아니고, 넓은 곳이다. '눈먼 가다랑어 한 마리라도 건질 수 있겠지.'라고 생각하며 텀벙 하고 추와 줄을 던져 넣고 검지로 적당히 움직임을 살폈다.

얼마 지나지 않아서 뭔가가 꿈틀꿈틀 줄을 건드렸다. 나는 '이건 틀림없이 물고기다. 살아 있는 녀석이 아니고서는 이렇게 꿈틀댈 리가 없지. 만세. 잡았다.' 하고 생각하면서 잽싸게 감아 올렸다. "어이구, 잡으셨군요. 청출어람이라더니."라며 광대가 놀리는 동안 줄을 거의 다 감아 올려서 이제 줄은 5척 정도만 물에 잠겨 있었다. 뱃전에서 내려다보니 금붕어처럼 줄무늬 있는 물고기가 줄 끝을 물고 좌우로 헤엄치면서 손의 움직임에 따라서 떠올랐다. 재미있다. 수면

위로 끌어올릴 때 펄쩍 뛰어오르는 바람에 나는 얼굴에 바닷물을 뒤집어쓰고 말았다. 간신히 잡아서 바늘을 빼내려고 했지만 좀처럼 빠지질 않았다. 잡고 있는 손이 미끌미끌했다. 비위가 상했다. 귀찮아져서 줄을 휘둘러 뱃바닥에 내팽개쳤더니 바로 죽어 버렸다. 빨강 셔츠와 광대가 깜짝 놀라며 쳐다보았다. 나는 바닷물로 손을 벅벅 씻고는 코끝에 대 보았다. 아직도 비렸다. 이제 넌덜머리가 났다. 뭐가 물든 물고기는 만지고 싶지 않았다. 물고기도 사람이 만지기를 바라지는 않을 것이다. 서둘러 줄을 감아 버렸다.

"처음으로 낚느라 수고하셨지만 그게 고루키*라니, 참."이라고 광대가 건방진 소리를 하자 빨강 셔츠가 "고루키라니 러시아 문학가 이름**과 비슷하구먼."이라며 맞받아쳤다. "그렇네요. 러시아 문학가 같네요."라고 광대가 곧장 아부를 떨었다. 고루키는 러시아 문학가고, 마루키는 사진작가고, 고메나루키***는 생명의 근원이겠지. 이건 빨강 셔츠의 나쁜 버릇이다. 누구 앞에서나 꼬부랑말로 된 외국 사람의 이름을 대고 싶어 한다. 사람들에게는 저마다 전문 분야가 있기 마련이다. 나 같은 수학 교사가 고루킨지 고로켄지 알게 뭐란 말인가? 상황 좀 살펴야 하는 것 아니겠는가? 말을 하고 싶다면《프랭클린 자서전》이나《푸싱 투 더 프런트》처럼 나도 알고 있는 사람의

---

* 놀래기와 비슷한 물고기.

** 제정 러시아의 유명한 작가, Maksim Gor'kii(1868~1936)를 가리킨다.

*** 米なる木. '쌀이 열리는 나무'라는 뜻으로 벼를 말한다.

이름을 대면 될 것 아닌가? 빨강 셔츠는 종종 〈제국 문학〉인지 뭔지 하는 새빨간 잡지를 학교에 들고 와서 소중하게 읽곤 했다. 고슴도 치가 말하기를, 빨강 셔츠가 대는 외국 사람들의 이름은 전부 그 잡지에 나온다고 한다. 망할 놈의 제국 문학.

그 후, 빨강 셔츠와 광대는 열심히 낚시를 했는데 대략 한 시간 동안에 둘이서 열대여섯 마리를 낚았다. 우습게도 낚는 족족 죄다 고루키였다. 도미는 약에 쓰려 해도 찾아볼 수가 없었다. 빨강 셔츠 가 광대에게 "오늘은 러시아 문학의 날이로구먼." 하고 말했다. "선 생님 실력으로도 고루키를 낚으니 저 같은 게 고루키를 낚는다 해 도 이상하지 않습니다. 아니, 그게 당연해요."라고 광대가 대답했다. 사공에게 물어보니 이 잡어雜魚는 가시가 많고 맛이 없어서 못 먹 는다고 했다. 단, 거름으로는 쓸 수 있단다. 빨강 셔츠와 광대는 열 심히 거름을 잡아 올리고 있었다. 가엾기 짝이 없다. 나는 한 마리를 잡고 싫증이 나서 아까부터 배에 누워 하늘을 바라보고 있었다. 낚 시를 하기보다는 이렇게 누워 있는 편이 훨씬 더 운치 있다.

그러자 두 사람이 작은 목소리로 뭔가 소곤거리기 시작했다. 잘 들리지 않았고 또 듣고 싶지도 않았다. 나는 하늘을 바라보면서 기 요를 생각했다. 돈이 있어서 기요와 함께 이렇게 아름다운 곳에 놀 러올 수 있다면 아주 기분이 좋을 것이다. 아무리 경치가 좋더라도 광대 같은 녀석과 함께 오면 별로 흥이 나지 않는다. 기요는 주름투성 이 할멈이지만 어디를 데리고 다녀도 부끄러운 생각이 들지 않는다.

마차를 타든, 배를 타든, 료운각*에 오르든 광대 같은 녀석하고는 절대 같이 있고 싶지 않다. 만약 내가 교감이고 빨강 셔츠가 나라면, 분명히 광대는 촐싹거리면서 날 칭찬하고 빨강 셔츠를 약 올릴 것이다. 도쿄 사람들은 경박하다고들 말하는데 정말이지 이런 녀석이 "나는 도쿄 사람입니다."라고 떠들며 시골을 돌아다닌다면 경박한 것은 도쿄 사람이고, 도쿄 사람은 경박하다고 시골 사람들이 믿을 게 뻔하다. 이렇게 생각하는데 두 사람이 킥킥거리며 웃기 시작했다. 웃음 중간 중간에 무슨 말을 하긴 하는데 띄엄띄엄 들려서 뜻을 알 수가 없었다. "어? 어쩐지……." "……그러게 말입니다. ……모르니 ……죄지요." "설마……." "메뚜기를…… 정말이에요."

다른 말에는 귀를 기울이지 않았지만 메뚜기라는 광대의 말을 듣는 순간 나도 모르게 험악한 표정을 지었다. 광대는 무슨 생각에서인지 메뚜기라는 말에 한층 힘을 주어 또렷하게, 마치 나더러 들으라는 듯이 말하고 나머지 말은 일부러 조그맣게 했다. 나는 가만히 그들의 말을 들었다. "역시 홋타가……." "그럴지도 모르겠군……." "튀김……. 하하하하하." "…… 선동해서……" "떡꼬치도?"

이렇게 드문드문 들리긴 했지만 메뚜기나 튀김, 떡꼬치라는 말들로 미루어 보아 틀림없이 나에 대해서 속닥거리는 것이다. 얘기를 하려면 좀 더 큰 소리로 하면 되지 않겠는가? 또 그렇게 속닥거릴

* 凌雲閣. 1890년에 도쿄 아사쿠사에 있던 12층 규모의 전망 탑. 일본 최초의 전동식 엘리베이터가 설치되어 아사쿠사의 명물이 되었으나 1923년에 일어난 관동 대지진으로 건물 상층부가 소실되었다.

거면 왜 나를 불렀는가? 도대체 정이 안 가는 녀석들이다. 메뚜기든 꼴뚜기든 내게는 아무 잘못도 없다. 교장이 "내게 맡겨 두게나."라고 해서 너구리의 체면을 생각해 지금은 그냥 참는 것이다. 광대 주제에 쓸데없는 참견을 하고 있다. 그림 붓이나 물고 들어앉아 있을 것이지. 내 일은 언제가 되든 내가 알아서 처리할 테니 상관없지만 '역시 홋타가'라든가 '선동해서' 따위가 마음에 걸렸다. 홋타가 나를 선동해서 일을 크게 만들었다는 뜻인지, 아니면 홋타가 학생들을 선동해서 나를 괴롭히고 있다는 것인지 갈피를 잡을 수가 없었다. 푸른 하늘을 올려다보고 있자니 햇빛이 점점 약해지면서 조금 시원한 바람이 불어왔다. 향 연기 같은 구름이 맑은 하늘 위를 조용히 퍼져 나간다 싶었는데 어느 사이엔가 하늘 저 끝까지 흘러가서 옅은 안개가 깔린 것처럼 보였다.

"그만 돌아갈까?" 하고 빨강 셔츠가 문득 정신을 차린 듯 말하자 "네. 마침 돌아갈 시간이네요. 오늘밤 마돈나 아씨를 만나러 가십니까?"라며 광대가 대답한다. 빨강 셔츠는 "쓸데없는 소리 말게. 오해하겠네."라면서 뱃전에 기대고 있던 몸을 조금 일으켜 세웠다. "에헤헤헤헤. 괜찮습니다. 들어도……."라며 광대가 뒤를 돌아보았을 때, 나는 눈을 부릅뜨고 도끼 같은 시선을 광대의 머리통 위로 날렸다. 광대는 눈부시다는 듯 되돌아보면서 "아, 정말 덥구먼."하며 고개를 움츠리고 머리를 긁었다. 이루 말할 수 없을 만큼 교활한 놈이었다.

배는 잔잔한 바다를 저어 기슭으로 되돌아가기 시작했다. "선생님은 낚시를 별로 안 좋아하시나 봅니다."라고 빨강 셔츠가 말하기에 "네, 누워서 하늘을 보는 게 더 좋습니다."라고 대답하고 막 피워 물었던 담배를 바다 속으로 집어던졌더니 슉 하면서 노를 젓느라 생긴 파문 위로 둥둥 흔들리며 떠내려갔다. 빨강 셔츠는 "선생님이 와 줘서 학생들도 아주 기뻐하고 있으니 최선을 다해 주세요."라며 이번에는 낚시와 전혀 상관없는 얘기를 꺼냈다.

"별로 기뻐하지 않을 겁니다."

"아니, 그냥 하는 소리가 아니에요. 매우 기뻐하고 있어요. 그렇지, 요시카와?"

그러자 광대는 "기뻐하는 정도가 아닙니다. 아주 난리라니까요." 라고 말하며 빙글빙글 웃었다. 이 녀석이 하는 말은 한마디 한마디가 화를 돋우니 참으로 모를 일이다. "하지만, 조심하지 않으면 큰일 날 거예요."라고 빨강 셔츠가 말해서 "벌써 위험한걸요. 이렇게 된 이상 위험은 각오하고 있습니다."라고 했다. 실제로 나는 내가 면직을 당하든지, 아니면 기숙생들에게 끝까지 사과를 받아 내든지 둘 중 하나로 결판 낼 참이었다. 교감이 "그렇게 말한다면 할 말은 없지만, 나도 교감으로서 선생님을 위해서 하는 말이니 너무 나쁘게 듣지는 마세요." 하자 광대는 "교감 선생님은 선생님에게 커다란 호의를 가지고 계세요. 나도 보잘것없지만 같은 도쿄 사람으로서 되도록 오래 우리 학교에 머물러 주셨으면 하고, 그래서 서로에게 힘이 되려고 남몰래 최선을 다한답니다."라며 인간다운 말을 했다. 광대의 도움을 받느니 차라리 목을 매달고 죽어 버리는 게 낫다.

"그래서 하는 말인데, 학생들은 선생님이 와서 아주 기뻐하고 있지만 거기에는 여러 가지 사정이 있어서 말이죠. 선생님도 화나는 일도 있겠지만 조금만 더 참고 잘 견뎌 주세요. 결코 선생님에게 해가 되는 일은 하지 않을 테니까요."

"여러 가지 사정이라니 무슨 사정입니까?"

"그게 좀 복잡한 문제라서. 뭐, 차차 알게 될 겁니다. 내가 얘기하지 않아도 자연스레 알게 될 거예요. 안 그런가? 요시카와."

"네. 여간 복잡한 게 아니죠. 하루아침에 알 수 있는 문제가 아닙니다. 하지만 차차 아실 겁니다. 내가 얘기하지 않아도 자연스레 말이에요."라며 광대가 빨강 셔츠와 같은 말을 했다.

"그렇게 복잡한 사정이라면 듣지 않아도 괜찮지만 교감 선생님께서 먼저 말씀을 꺼내셨으니 한번 들어보고 싶습니다."

"그것도 맞는 말이네요. 내가 먼저 말을 꺼내 놓고 끝을 맺지 않는다면 무책임한 행동이죠. 그럼 이걸 말해 두겠습니다. 미안하지만 선생님은 이제 막 학교를 졸업했고 처음으로 교직 생활을 경험하는 거예요. 그런데 학교는 여러 가지 사정이 얽혀 있는 곳이라서 학생때처럼 그렇게 단순하게 돌아가지는 않아요."

"단순하게 돌아가지 않는다면 어떻게 돌아간다는 말씀입니까?"

"그렇게 솔직하니까 아직도 경험이 없다고 하는 겁니다."

"어차피 경험은 부족한 편입니다. 이력서에도 적었듯이 23년 4개

월밖에 안 살았거든요."

"바로 그렇기 때문에 생각지도 못한 일에 말려들지도 모릅니다."

"정직하기만 하다면 누구에게 말려들든 겁나지 않습니다."

"물론 겁날 건 없지. 겁날 건 없지만 말려든단 말이에요. 실제로 선생님의 전임자가 당한 적이 있어서 조심하라고 하는 겁니다."

광대가 너무 조용하다 싶어서 뒤를 돌아 봤더니 어느 틈엔가 배 뒷전으로 가서 사공과 낚시에 관해 대화를 나누고 있다. 광대가 없어서 얘기하기가 아주 편해졌다.

"제 전임자가 누구에게 말려들었습니까?"

"그 사람의 명예에 관련되는 일이니 누구라고는 말할 수 없지요. 그리고 아직 확실한 증거도 없으니 말을 하면 내가 실수를 저지르는 셈이고. 어쨌든 선생님이 일부러 여기까지 와 줬는데 여기서 실수한다면 우리들도 선생님을 부른 보람이 없어지지 않겠습니까? 부디 조심하세요."

"조심하라고 하셔도 지금보다 더 조심할 수는 없습니다. 나쁜 짓을 안 하면 되는 거 아니겠습니까?"

빨강 셔츠는 호호호호 하고 웃었다. 나는 그렇게 우스운 얘기를 한 기억은 없었다. 오늘 바로 지금에 이르기까지 나는 이것이면 충분하다고 굳게 믿어 왔다. 생각해 보면 대부분의 세상 사람들이 나쁜 일만 장려한다. 나쁜 짓을 하지 않으면 사회에서 성공할 수 없다고 믿는 듯했다. 가끔 정직하고 순수한 사람을 보면 "세상물정 모르는 사람이다. 풋내기다."라고 트집을 잡으며 경멸한다. 그렇다면 초등학교나 중학교에서 도덕 선생님이 "거짓말을 하지 마라. 정직하게 살아라."라고 가르치지 않는 편이 낫겠다. 차라리 학교에서 거짓말하는 법이나 사람을 믿지 않는 기술, 사람을 이용하는 술책 등을 가르치는 편이 세상을 위해서나 학생들을 위해서나 도움이 될 것이다. 빨강 셔츠가 호호호호 하고 웃으며 내 단순함을 비웃었다. 단순함이나 진솔함이 조롱거리가 되는 세상이라면 더 이상 어쩔 도리가 없다. 이럴 때 기요는 단 한 번도 웃지 않았다. 아주 감탄하며 얘기를 들었다. 빨강 셔츠보다 기요가 훨씬 더 낫다.

빨강 셔츠는 "물론 나쁜 짓을 안 하면 되지만 자기 혼자 나쁜 짓을 하지 않더라도 남의 나쁜 점을 모르면 큰일을 당할 겁니다. 세상에는 대범해 보여도, 시원시원해 보여도, 친절하게 하숙을 알아봐 줘도 좀처럼 방심할 수 없는 사람이 있으니까. 꽤 쌀쌀해졌네요. 이봐, 요시카와. 저 해변 풍경은 어떤가?" 하고 큰 소리로 광대를 불렀다. 광대는 "역시 절경입니다. 시간만 있다면 스케치하겠는데, 정말 안타깝습니다. 이대로 가야 하다니."라면서 수선 떨며 맞장구 쳤다.

미나토야의 2층에 불이 하나 들어오고 기차의 기적소리가 뿌우 하고 울릴 때, 우리가 타고 있던 배는 해변 모래에 철퍼덕 뱃머리를 처박고 더 이상 움직이지 못했다. "어서 오세요."라며 여주인이 해변에 서서 빨강 셔츠에게 인사한다. 나는 뱃전에서 영차 소리를 내며 해변으로 뛰어내렸다.

6

광대가 정말 싫다. 이런 녀석은 맷돌을 매달아 바다로 던져 버리는 게 나라를 위하는 일이다. 빨강 셔츠는 목소리가 마음에 들지 않는다. 잘난 척하느라 타고난 목소리를 일부러 그렇게 부드럽게 내려는 것이겠지. 아무리 잘난 체해도 그 얼굴로는 어렵다. 반하는 사람이 있다면 마돈나 정도일 것이다. 하지만 교감인 만큼 광대보다는 어려운 말을 한다. 집에 돌아와서 그 녀석의 말을 생각해 보니어쨌든 일리 있는 말인 것 같기는 하다. 똑똑히 말하지는 않아서 정확히 모르겠지만 아무래도 고슴도치는 좋지 않은 녀석이니 조심하라는 뜻인 것 같았다. 그렇다면 그렇다고 확실하게 말하면 될 것 아닌가? 사내답지 못하다. 그리고 그렇게 나쁜 선생이라면 단칼에 내

쫓으면 되지 않겠나? 문학사인 주제에 교감은 배짱도 없는 사람이다. 험담을 하면서도 떳떳하게 이름을 밝히지 못하니 틀림없이 겁쟁이 사내다. 겁쟁이들은 친절한 법이니 저 빨강 셔츠도 계집애처럼 친절한 녀석일 것이다. 친절은 친절이고 목소리는 목소리니, 목소리가 마음에 들지 않더라도 친절을 무시할 수는 없다.

어쨌든 세상은 참 모를 곳이다. 마음에 들지 않는 녀석이 친절을 베풀고 마음이 맞는 친구가 나쁜 놈이었다니, 사람을 어떻게 보는 건지? 촌구석이니 모든 일이 도쿄와 반대로 흘러가는 것이리라. 시끄러운 곳이다. 지금이라도 불이 얼어붙고 돌이 두부로 변할지도 모른다.

하지만 고슴도치가 학생들을 선동하다니, 장난을 칠 것 같지는 않은데. 가장 인망 높은 교사라고 하니 마음만 먹으면 못할 것도 없겠지만 그렇게 에둘러서 할 것 없이 직접 나를 붙들고 싸움을 걸면 수고를 덜 수 있지 않겠는가? 내가 방해가 된다면 사실은 이러이러해서 방해가 되니 사표를 써 달라고 말하면 되지 않겠는가? 얘기를 나누면 어떻게든 해결되는 법이다. 고슴도치 말이 옳다면 내일이라도 당장 사표를 내겠다. 여기 아니면 먹고살 데가 없는 것도 아닐 테고. 세상 어디에 가도 길바닥에서 죽지는 않으리라. 고슴도치도 어지간히 답답한 녀석이다.

여기에 왔을 때 가장 먼저 얼음물을 사 준 사람이 바로 고슴도치였다. 비록 얼음물이기는 해도 그렇게 겉과 속이 다른 녀석에게 얻어

먹었다니 이건 내 체면 문제다. 나는 딱 한 잔만 마셨으니 1센 5린*
밖에 빚 지지 않은 셈이다. 하지만 1센이 됐든 5린이 됐든 사기꾼에
게 은혜를 입고서야 죽을 때까지 마음이 불편할 것이다. 내일 학교
에 가면 1센 5린을 돌려주자. 나는 기요에게 3엔을 빌렸다. 그 3엔
은 5년이 지난 아직까지도 갚지 않았다. 못 갚는 것이 아니다. 안 갚
는 것이다. 기요도 언제 갚으려나 하며 내 속주머니 형편을 살피는
짓은 절대로 하지 않을 것이다. 나도 바로 갚겠다며 타인처럼 의리
를 앞세우지는 않을 생각이다. 내가 그렇게 생각한다면 그건 기요
의 마음을 의심하는 짓으로, 기요의 아름다운 마음에 상처를 내는
것과 같다. 기요를 무시해서 갚지 않는 게 아니다. 기요를 내 일부분
이라고 생각하기 때문이다. 기요와 고슴도치는 원래부터 비교가 안
되지만, 얼음물이 됐든 차가 됐든 은혜를 입고서도 가만히 있었던
것은 상대를 하나의 인간으로 보고 그 인간에게 후의를 베풀려고
했기 때문이다. 내가 먹은 만큼 돈을 내면 그것으로 다 끝날 것을,
마음속으로 고맙다고 생각하는 것은 돈으로 살 수 없는 답례인 셈
이다. 보잘것없지만 그래도 한 사람의 독립된 인간이다. 하나의 독
립된 인간이 머리를 숙이는 것은 백만 냥보다 존귀한 인사라는 사
실을 잊어서는 안 된다.

　나는 고슴도치에게 1센 5린을 내게 하고 백만 냥보다 더 비싼 답
례를 했다고 생각했다. 고슴도치는 당연히 감사해야 한다. 그런데도

---

* 厘. 일본의 옛 화폐 단위. 1린은 1센의 10분의 1에 해당한다.

뒷구멍으로 비겁한 짓을 하다니 천하에 몹쓸 놈이다. 내일 가서 1센 5린을 갚아 버리면 모든 관계가 정리된다. 그러고 나서 한판 붙자.

여기까지 생각하자 졸음이 쏟아져서 쿨쿨 자 버렸다. 다음 날에는 생각해 둔 일이 있었기 때문에 평소보다 빨리 학교로 나가서 고슴도치를 기다렸다. 그런데 좀처럼 나타나질 않았다. 말라빠진 호박이 출근했다. 한문 선생이 출근했다. 광대가 출근했다. 심지어는 빨강 셔츠까지 출근했는데 고슴도치의 책상 위에는 분필 하나가 길게 누워 있을 뿐이고 한산했다. 나는 교무실에 들어가자마자 갚을 심산으로 집에서 나올 때부터 목욕탕에 갈 때처럼 손바닥에 1센 5린을 쥐고 학교까지 왔다. 나는 땀을 많이 흘리는 편이라 손을 펼쳐 보니 1센 5린이 땀에 젖어 있었다. 그런 돈으로 갚으면 고슴도치가 불평할 것 같아서 책상 위에 올려놓고 후후 불었다가 다시 쥐었다.

그러고 있는데 빨강 셔츠가 와서 "어제는 실례했어요. 고생 많았죠?"라고 하기에 "고생은 무슨 고생입니까. 덕분에 배는 고팠지만요."라고 대답했다. 그러자 빨강 셔츠가 팔꿈치로 고슴도치의 책상을 짚으며 그 펑퍼짐한 얼굴을 내 코 옆으로 바싹 가져다 댔다. 무엇을 하려나 했더니 "어제 돌아오는 배에서 했던 얘기는 비밀로 해두세요. 아직 아무에게도 말하지 않았지요?" 한다. 여자 같은 목소리를 내는 사람인만큼 걱정도 많은 듯했다. 아무한테도 말하지 않았다. 하지만 지금부터 얘기하려고 마음을 먹고 이미 1센 5린을 손바닥에 준비해 두었을 정도이니 여기서 빨강 셔츠에게 제지당하면 조금 난처해진다. 빨강 셔츠도 빨강 셔츠다. 고슴도치라고 이름을 꼬집어서 말하지는 않았지만 그렇게 쉽게 풀 수 있는 수수께끼를 던져 놓고 이제 와서 그것을 풀면 안 된다니 교감답지 못한 무책임한 행동이다. 원래대로 하자면 내가 고슴도치와 전쟁을 시작해서 격렬하게 치고받고 할 때 나와서 당당하게 내 편을 들어줘야 한다. 그래야 한 학교의 교감으로서, 그리고 빨간 셔츠를 입고 다니는 그 사상의 위신이 서지 않겠는가?

나는 교감에게 아직 아무한테도 말하지 않았지만 지금부터 고슴도치와 담판을 지을 생각이라고 했더니 빨강 셔츠는 아주 깜짝 놀라며 "선생님, 그런 무모한 짓을 하면 안 돼요. 나는 선생님에게 홋타 선생님에 대해서 무엇 하나 뚜렷하게 말한 게 없어요. 만약 선생님이 여기서 난동을 피우면 내가 아주 난처해져요. 선생님, 설마 학교에 소동을 일으키러 온 것은 아니겠지요?"라며 질문 같지도 않은 질문을 하기에 "당연하지요. 월급을 받고 있는데 소동을 일으키면 학교에도 폐를 끼치는 셈이지요." 했다. 그러자 빨강 셔츠가 "그럼 어제 한 말은 그냥 그렇게만 알아 두고 입 밖에는 내지 말아요."라고 땀을 흘리며 부탁했다. "알겠습니다. 제가 조금 난처해지겠지만 교감 선생님이 그렇게 곤란하시다면 그만두겠습니다."라고 승낙했다. "선생님, 정말이지요?"라며 빨강 셔츠는 다시 한 번 확인했다. 얼마나 더 계집애처럼 굴 참인지 끝을 모르겠다. 문학사라는 게 죄다 저런 사람들뿐이라면 그보다 더 하찮은 것도 없다. 앞뒤가 맞지도 않는 논리로 부탁하면서도 아무렇지도 않은 표정이다. 게다가 나를 의심하기까지 한다. 어쨌든 나도 남자다. 한번 승낙한 일을 뒤돌아서서 뒤엎는 치사한 짓은 하지 않는다.

드디어 내 양옆에 있는 책상의 주인들이 출근했다. 빨강 셔츠는 서둘러 자기 자리로 돌아갔다. 빨강 셔츠는 걸음걸이에서부터 잘난 척이다. 실내를 왔다 갔다 할 때도 소리가 나지 않도록 신의 밑바닥을 살살 내려놓는다. 소리 내지 않고 걷는 게 자랑이 된다는 사실을 이때 처음으로 알았다. 도둑질 연습을 하는 것도 아니고 그냥 편하게 하면 될 일이다. 드디어 수업을 알리는 나팔 소리가 들렸다. 결국 고슴도치는 나타나지 않았다. 하는 수 없이 1센 5린을 책상 위에 올려놓고 교실로 갔다.

수업이 길어져서 첫 번째 시간에 조금 늦게 교무실로 돌아왔더니 다른 교사들은 모두 책상에 앉아서 얘기를 하고 있었다. 어느 틈엔가 고슴도치도 와 있었다. 결근할 줄 알았더니 지각을 했다. 내 얼굴을 보자마자 "오늘은 자네 덕분에 지각을 했어. 벌금 내."라고 말했다. 나는 책상 위에 있던 1센 5린을 집어다 "이걸 줄 테니 받아. 전에 큰길에서 먹었던 얼음물 값이다."라며 고슴도치 앞에 놓았다. 그랬더니 고슴도치는 "무슨 소리하는 거야?"라며 웃음을 터뜨렸지만 내가 의외로 진지한 표정을 짓자 "쓸데없는 농담 하지 마."라며 돈을 내 책상 위로 쓸어다 놓았다. 이런, 고슴도치 주제에 끝까지 은혜를 베푸시겠다?

"농담이 아니야. 진심이라고. 내가 자네에게 얼음물을 얻어먹을 이유가 없으니 돈을 주는 걸세. 받지 않을 이유가 없지 않나?"

"1센 5린이 그렇게 마음에 걸린다면 받아 두겠네만, 왜 이제 와서 갚겠다는 건가?"

"이제 와서든 저제 와서든 갚아야겠다. 얻어먹는 게 싫어서 갚아야겠어."

고슴도치는 차갑게 내 얼굴을 바라보더니 "흥."이라고 말했다. 빨강 셔츠가 부탁만 안 했어도 이 자리에서 고슴도치의 비열함을 폭로하고 대판 싸움을 벌일 생각이었지만 입 밖에 내지 않겠다고 약속했기 때문에 그럴 수가 없었다. 사람이 이렇게 시뻘겋게 달아올랐는데 흥, 은 또 뭐야.

"얼음물 값은 받아둘 테니 하숙집 방을 빼 주게."

"1센 5린 받았으면 그걸로 됐지. 방을 빼든지 말든지 그건 내 마음일세."

"자네 마음대로는 안 되겠네. 어제 하숙집 주인이 찾아와서 자네가 나가 줬으면 좋겠다고 하더군. 그 이유를 물어봤더니 주인 말이 백번 옳았어. 그래도 일단 다시 한 번 확인해 보려고 오늘 아침 하숙집에 들러서 자세한 얘기를 듣고 왔다네."

나는 고슴도치가 무슨 말을 하는지 알 수가 없었다.

"주인이 자네에게 무슨 말을 했는지 알 게 뭔가? 그렇게 혼자 다 아는 척해 봐야 소용없지 않나? 이유가 있다면 이유를 먼저 말하는 게 순서지. 덮어 놓고 주인의 말이 옳다니, 그런 무례한 말이 어디 있나?"

"그래, 그렇다면 말하지. 자네가 너무 난폭해서 그 하숙집에서 골머리를 썩고 있다네. 아무리 하숙집 안사람이라고 해도 하녀는 아니잖아. 발을 내밀고 닦으라고 하다니, 너무하지 않나?"

"내가 언제 하숙집 안주인한테 발을 닦으라고 했다는 건가?"

"닦으라고 했는지 어떤지는 모르지만, 어쨌든 주인은 자네 때문에 골머리를 썩고 있다네. 하숙비 10엔이나 15엔 정도는 족자 한 폭 팔면 바로 마련할 수 있다고 하더군."

"건방진 녀석이군. 그렇다면 뭐 하러 사람을 들였지?"

"왜 들였는지 내가 알 게 뭔가? 들여놓고 보니 싫어져서 나가라는 거겠지. 자네, 방 빼게."

"당연히 빼야지. 있어 달라고 빌어도 나갈 걸세. 도대체가 그런 말도 안 되는 비난을 퍼붓는 곳을 소개해 준 자네부터가 괘씸해."

"내가 괘씸한 놈이거나 자네가 얌전히 있지 않았거나 둘 중 하나겠지."

고슴도치도 나와 맞먹을 만큼 울컥하는 성미라 지지 않으려고 커다란 목소리를 냈다. 교무실에 있던 사람들은 무슨 일이 생겼나 하고 모두들 고개를 길게 빼고 고슴도치와 내가 있는 쪽을 멍하니 바라보았다. 나는 부끄러운 일을 저지른 것도 아니라서 자리에서 일어나 교무실 안을 한 바퀴 둘러보았다. 모두가 놀라워하는 표정을 지었으나 광대는 재미있다는 듯이 웃고 있었다. 내 커다란 눈이 '네 녀석도 싸울 생각이냐?'라는 듯한 험악한 빛을 띠고 광대의 멸치 같은 얼굴을 쏘아 붙였더니 갑자기 광대의 얼굴이 굳어져서는 아주 조심스러워하는 표정이 되었다. 조금은 겁먹은 듯이 보였다. 그때 나팔 소리가 들렸다. 고슴도치와 나는 싸움을 멈추고 교실로 들어 갔다.

오후에는 지난밤에 내게 무례하게 군 기숙생들의 처분에 관한 회의가 열렸다. 태어나서 처음으로 해 보는 회의라 어떤 식으로 진행되는지 전혀 알 수 없었지만, 직원들이 모여서 제 마음대로 떠들면 교장이 적당히 아우르는 것일 게다. 아우른다는 것은 흑백을 명확하게 가를 수 없는 일에 대해서 쓰는 말이다. 이번 일처럼 누가 봐도 도리에 어긋나는 사건 때문에 회의를 한다니 시간 낭비다. 누가 무슨 말을 하든 이설異說이 나올 수가 없다. 이렇게 명백한 일은 교장이 즉석에서 처분해 버리면 될 것을. 정말 결단력 없는 사람이다. 교장이 이런 것이라면 우유부단한 굼벵이의 다른 이름에 불과하다.

회의실은 교장실 옆에 있는 좁고 긴 방으로, 평소에는 식당 대신으로 썼다. 검은 가죽을 씌운 의자가 스무 개 정도 긴 테이블 주위에 놓여 있었는데, 도쿄 간다에 있는 서양 요리점과 분위기가 조금 비슷하다. 테이블 한쪽 끝에 교장이 앉고 그 옆에 빨강 셔츠가 자리 잡았다. 나머지는 되는 대로 앉는데 체육 교사는 언제나 겸손하게 제일 끝자리에 앉는다고 했다. 나는 어떻게 해야 할지 몰라서 과학 교사와 한문 교사 사이에 앉았다. 건너편을 바라보니 고슴도치와 광대가 나란히 앉아 있었다. 광대의 얼굴은 아무리 뜯어보아도 못 생겼다. 싸우기는 했지만 고슴도치 쪽이 훨씬 더 운치 있다. 아버지의 장례식 때, 고비나타에 있는 요겐지養源寺라는 절 방에 걸려 있던 족자 속 얼굴과 아주 닮았다. 스님에게 물어보니 위타천이라는 괴물이란다. 오늘은 화가 나 있어서 눈을 빙글빙글 돌리다가 때때로 나를 바라본다. 나도 그 정도로 겁먹을 내가 아니라며 지지 않으려고 눈을 둥그렇게 뜨고 고슴도치를 노려봤다. 내 눈은 잘생기지는 못했어도 크기라면 웬만한 사람에게는 지지 않는다. 기요가 "도련님은 눈이 커서 배우를 하면 잘 어울릴 거예요."라고 곧잘 말했을 정도다.

"이제 거의 다 오셨나요?"라고 교장이 말하자 가와무라라는 서기가 하나, 둘 하고 머리수를 세어 본다. 한 명이 모자란다. 나도 한 명 모자란다고 생각했는데 모자랄 수밖에 없었다. 말라빠진 호박이 오지 않았다. 나와 말라빠진 호박은 전생에 어떤 인연이었는지 모르겠지만 이 사람의 얼굴을 본 뒤로는 도무지 잊을 수가 없었다. 교무실에 들어서면 말라빠진 호박이 가장 먼저 눈에 띈다. 길을 걷다가도 말라빠진 호박 선생의 모습을 떠올린다. 온천에 가면 종종 말라빠진 호박이 파란 얼굴로 탕 속에 둥둥 떠 있다. 인사를 하면 "네, 네." 하며 황송하다는 듯이 머리를 숙여서 가여워 보인다. 학교에서 말라빠진 호박처럼 얌전한 사람도 없다. 웃는 일도 거의 없고 쓸데 없는 말도 거의 하지 않는다. 나는 책에서 군자라는 말을 배웠다. 이 건 사전에나 있는 말이지 살아 있는 생물이 아니라고 생각했지만 말라빠진 호박을 보고서야 역시 진짜 있구나 하고 감탄했다.

이렇게 관계가 깊은 사람인지라 회의실에 들어서는 순간, 말라빠 진 호박이 없다는 사실을 금방 알 수 있었다. 솔직히 이 사람 옆자 리에 앉아야겠다고 생각하고 왔을 정도였다. 교장은 "곧 오시겠죠." 라면서 자기 앞에 있던 보라색 비단 보자기를 풀어서 인쇄물을 읽 는다. 빨강 셔츠는 호박 파이프를 비단 손수건으로 닦기 시작했다. 이 게 이 사내의 취미였다. 빨강 셔츠를 입는 것과 같은 이유일 것이다. 다른 사람들은 옆에 앉은 사람과 무엇인가를 속삭였다. 정 할 일이 없는 사람들은 연필 끝에 달려 있는 지우개로 테이블 위에 무엇인 가를 자꾸만 적었다. 광대는 종종 고슴도치에게 말을 걸었지만 고 슴도치는 전혀 대꾸하지 않았다. 그저 "응, 아아."라고만 할 뿐, 때때 로 무서운 눈으로 나를 바라본다. 나도 지지 않고 노려보았다.

드디어 기다리고 있던 말라빠진 호박이 가엾은 표정으로 들어와 서 "잠깐 일이 있어서 늦었습니다."라고 너구리에게 정중하게 인사 한다. 너구리는 "그럼 회의를 시작하겠습니다."라고 말하고 나서 우 선 서기인 가와무라에게 인쇄물을 나눠 주게 했다. 받아 보니 첫 번 째가 처분에 관한 건, 두 번째가 단속에 관한 건, 그리고 두어 가지 안이 더 있었다. 너구리는 평소와 다름없이 거드름을 피우면서 교육의 화신인 양 다음과 같은 뜻의 말을 했다.

"학교 직원이나 학생이 과실을 범하는 것은 전부 제가 부덕한 탓입니다. 무슨 사건이 터질 때마다 저는 이러면서 잘도 교장이라고 떠들고 다닌다는 남모를 부끄러움에 잠깁니다. 불행하게도 이번에 다시 그런 소동을 일으킨 데 대해서 여러분께 깊이 사죄드리지 않을 수 없습니다. 하지만 이미 벌어진 이상 어쩔 수가 없습니다. 어떤 식으로든 처분을 내려야 합니다. 이미 여러분도 사정은 잘 알고 계실 테니, 가장 좋은 처분이 무엇일지 허심탄회하게 말씀해 주시면 많은 참고가 되겠습니다."

나는 교장의 말을 듣고 '교장인지 너구리인지 과연 훌륭한 말을 하는구먼.' 하고 감탄했다. 그렇게 교장이 모든 책임을 지고 내 과실이며 부덕한 탓이라고 할 거면, 학생들을 처벌하지 말고 자기가 먼저 사표를 내면 되지 않겠는가? 그러면 이렇게 귀찮은 회의 따위를 열 필요도 없지 않겠는가? 상식적으로 생각해 봐도 뻔한 일이다. 내가 숙직을 서고 있었다. 학생들이 난동을 피웠다. 죄 지은 사람은 교장도 아니고 나도 아니다. 당연히 학생들이다. 만약 고슴도치가 선동했다면 학생들과 고슴도치를 쫓아내면 그만이다. 남의 허물을 들쳐 업고 "내 허물이다. 내 허물이다."라고 떠들어 대는 녀석이 이 세상에 어디 있단 말인가? 너구리가 아니고서야 못 부릴 재주다. 그는 이렇게 얼토당토않은 말을 해 놓고서는 자랑스레 사람들을 둘러보았다. 그런데 누구 하나 입을 열지 않았다. 과학 교사는 제1 건물 지붕에 앉아 있는 까마귀를 바라보고 있다. 한문 선생은 인쇄물을 접었다 폈다 한다. 고슴도치는 아직도 내 얼굴을 노려보고 있다. 이렇게 한심한 게 회의라면 결석하고 낮잠이라도 자는 편이 낫겠다.

나는 답답해져서 가장 먼저 한바탕 이야기를 하려고 반쯤 의자에서 엉덩이를 떼었다가 빨강 셔츠가 무언가 말을 시작하자 다시 자리에 앉았다. 바라보니 파이프를 집어넣고 줄무늬가 있는 비단 손수건으로 얼굴을 닦으면서 무슨 말을 하고 있다. 저 손수건은 틀림없이 마돈나한테 뜯어냈을 것이다. 남자는 하얀 삼베를 쓰는 법이다.

"저도 기숙생들의 소동을 듣고, 교감으로서 매우 부족할 뿐만 아니라 평소 덕화가 아이들에게 미치지 못한 점을 매우 부끄럽게 여기고 있습니다. 하지만 이런 일은 어떤 결함이 있어서 일어나는 것으로, 사건 자체만 놓고 보면 학생들이 전적으로 잘못한 듯 보이지만 그 진상을 살펴보면 오히려 책임은 학교에 있을지도 모릅니다. 따라서 표면상으로 나타난 일만 보고 엄중하게 처벌한다면 도리어 미래를 위해서 좋지 않다고 생각합니다. 그리고 소년들이 혈기에 넘쳐서 한 짓으로, 활기에 넘쳐서 선악을 생각하지 않고 거의 무의식적으로 이런 장난을 쳤다고 볼 수도 있습니다. 원래 처분은 교장 선생님의 생각에 따라 결정되는 것으로 제가 참견할 바는 아니지만 부디 제 말을 참작하시어 되도록 관대한 처분을 내려 주실 것을 부탁드립니다."

과연, 너구리도 너구리지만 빨강 셔츠도 빨강 셔츠다. 학생들이 잘못한 것이 아니라 교사가 잘못한 것이라고 공언한다. 미친놈이 남의 머리를 때렸는데 맞은 사람이 잘못했기 때문에 때렸단다. 있을 수 없는 일이다. 활기가 넘쳐서 곤란하다면 운동장에 나가 스모라도 하면 되지 않겠는가? 거의 무의식적으로 잠자리에 메뚜기를 넣는다면 누가 견디겠는가? 이대로라면 자고 있는 사람 목을 베어가도 거의 무의식적이었다면서 방면할 태세다.

이렇게 생각한 나는 무슨 말이든 해야겠다 싶었다. 이왕 할 거면 사람들이 놀랄 만큼 당당하게 말하지 않으면 재미가 없다. 내 성격상, 화났을 때 말하면 두세 마디 던지고는 꼭 말문이 막혀 버린다. 너구리나 빨강 셔츠 모두 인물로 따지자면 나보다 뒤떨어지지만 말주변이 아주 좋으니 자칫 말실수를 해서 꼬투리라도 잡히면 이것도 재미없다. 잠깐 복안을 마련해 보자며 마음속으로 문장을 만들었다. 그런데 앞에 있던 광대가 갑자기 자리에서 일어나는 바람에 깜짝 놀랐다. 광대 주제에 의견을 말하다니 건방지다. 광대는 예의 살살거리는 말투로 "이번 메뚜기 사건 및 함성 사건은 실로 우리 뜻 있는 직원들에게 학교 장래를 걱정하는 마음을 품게 하기에 충분한 중대사입니다. 우리 직원들은 이 일을 계기로 스스로를 되돌아보고 학교의 풍기를 확립해야 합니다. 따라서 지금 교장 선생님 및 교감 선생님께서 말씀하신 내용은 참으로 정곡을 찌른 적절한 의견으로, 저는 그 의견에 전적으로 찬성합니다. 부디 관대한 처분을 내려주시기 바랍니다."라고 했다. 광대가 하는 말은 뻔지르르하지만 내용이 없다. 끊임없이 한자어만 늘어놓을 뿐 의미를 알 수가 없다. 알 수 있는 것은 '전적으로 찬성한다.'는 말뿐이었다.

나는 광대가 무슨 말을 하는지 그 뜻은 몰랐지만 나도 모르게 굉장히 화가 나서 복안도 마련하지 못한 채 자리에서 일어났다. "저는 전적으로 반대합니다."라고 말했지만 갑자기 다음 말이 떠오르지 않았다. "그런 엉터리 같은 처분은 싫습니다." 하고 덧붙였더니 모든 직원이 웃기 시작했다. "이건 전부 학생들 잘못입니다. 어떻게 해서든 사과하게 하지 않으면 다음에 또 그럴 겁니다. 퇴학을 시켜도 됩니다. ……이 얼마나 무례한, 새로 온 교사라고 우습게보고……."라고 말한 뒤 자리에 앉았다. 그러자 오른쪽 옆에 있던 과학이 "학생들이 잘못은 했지만 너무 엄중하게 벌을 내리면 오히려 반동을 일으키기 때문에 나쁠 겁니다. 저 역시 교감 선생님께서 말씀하신 대로 관대한 처분에 찬성합니다."라고 약해빠진 소리를 했다. 왼쪽에 있던 한문은 온건설에 찬성한다고 말했다. 역사도 교감과 동감이라고 말했다. 혐오스러웠다. 대부분이 빨강 셔츠당원들이었다. 이런 녀석들이 모여서 학교를 세웠으니 더 이상 무엇을 바라겠는가? 나는 학생들에게 사과를 받아 내지 못하면 사직할 생각이었으므로 만약 빨강 셔츠가 승리를 거둔다면 바로 집으로 돌아가 짐을 쌀 각오였다. 어차피 이런 녀석들을 말로 굴복시킬 재주도 없었거니와 굴복시켰다 한들 언제까지고 이런 녀석들과 함께 지내기는 싫었다. 학교를 떠나고 나서 어찌 되든 내 알 바 아니다. 다시 무슨 말을 하면 분명히 웃을 것이다. 아무 말도 하지 않겠다고 결심했다.

그러자 지금까지 아무 말도 없이 듣고만 있던 고슴도치가 분연히 자리에서 일어났다. '저 자식도 어차피 빨강 셔츠에게 찬성한다는 뜻을 밝히겠지. 어차피 네 녀석하고는 한판 붙어야 한다. 네 멋대로 떠들어라.'라고 생각하며 바라봤다. 고슴도치는 창문틀이 흔들릴 만큼 커다란 소리로 "저는 교감 선생님 및 다른 선생님들의 의견에 하나도 동의할 수 없습니다. 왜냐하면 이 사건은 어느 모로 살펴도 50명이나 되는 기숙생들이 새로 부임한 교사 모 씨를 가볍게 보고 놀리려고 벌인 소행으로 보이기 때문입니다. 교감 선생님께서는 그 원인을 교사의 인품에서 찾으려고 하시는 듯한데, 실례지만 그것은 실언입니다. 모 씨는 부임 후 얼마 지나지 않았을 때 숙직에 임했습니다. 학생들과 대면한 지 아직 20일도 지나지 않았을 때입니다. 이렇게 짧은 20일 동안 학생들이 모 씨의 학문과 인품을 제대로 평가했을 리 없습니다. 경멸받아 마땅한 이유가 있어서 경멸받았다면 학생들의 행위에도 정상을 참작할 만한 여지가 있겠지만, 아무 원인도 없이 새로 온 선생님을 우롱하는 경박한 학생들을 관대하게 대한다면 학교의 위신이 바로 서지 않을 겁니다. 교육의 정신은 단순히 학문만 전수하는 것이 아닙니다. 고상하고 정직하며 무사다운 패기를 고취함과 동시에 야비하고 경망스럽고 난폭한 못된 풍조를 소탕하는 것도 교육의 정신입니다. 반동이 두렵네, 일이 커지는 것을 원치 않네 하는 고지식한 말을 한다면 그런 악습은 언제 바로잡을 수 있겠습니까? 우리는 이런 악습을 없애기 위해 이 학교에서 일하는 겁니다. 이를 간과할 생각이라면 처음부터 교사가 되지 말았어야 합니다. 이런 이유로 저는 기숙생 일동을 엄벌에 처하고, 모든 사람이 보는 앞에서 해당 교사에게 사죄의 뜻을 표하게 하는 것이 지당한 조치라고 생각합니다." 하고는 털썩 자리에 앉았다. 모두 입을 다문 채 아무 말도 하지 않았다. 빨강 셔츠는 다시 파이프를 닦기 시작했다. 나는 매우 기뻤다. 내가 하고 싶었던 말을 고슴도치가 속 시원하게 대신한 셈이었다. 나는 이렇게 단순한 인간이라 조금 전까지 싸웠던 일은 깨끗하게 잊고 아주 고맙다는 표정으로 자리에 앉은 고슴도치를 바라보았는데 고슴도치는 시치미를 뗐다.

잠시 후, 고슴도치가 다시 자리에서 일어났다. "조금 전에 잠시 잊고 말하지 못했던 사실을 말씀드리겠습니다. 그날 밤, 숙직원은 숙직 도중 외출해서 온천에 다녀오신 듯한데 이것은 있을 수 없는 일이라고 생각합니다. 좋든 싫든 한 학교를 지키는 일을 맡았으면서 책망하는 사람이 없다고 하여 다른 데도 아니고 온천에 간다는 것은 커다란 실태失態입니다. 학생 문제와는 별도로 이 점에 대해서는 교장 선생님께서 특별히 책임자에게 주의 주시길 희망합니다."

거참 모를 녀석이다. 편을 들어 주나 싶더니 그 다음에 바로 실수를 폭로해 버린다. 나는 전에 숙직 선생이 외출을 했다는 사실을 알고 있어서 별 생각 없이 그런 습관이 있나 보다 하고 온천까지 갔는데 고슴도치의 말을 듣고 보니 과연 내가 잘못했다는 생각이 들었다. 공격받아 마땅하다. 그래서 나는 다시 자리에서 일어나 "저는 숙직하다가 온천에 다녀왔습니다. 이것은 정말로 제 실수입니다. 사과드리겠습니다."라고 말한 뒤 자리에 앉았더니 모두들 다시 웃기 시작했다. 내가 무슨 말만 하면 웃는다. 웃기는 녀석들이다. 너희들은 나처럼 자기 잘못을 모든 사람들 앞에서 단언할 수 있나? 못하니까 웃겠지.

그러자 교장은 "이제 더 이상 다른 의견도 없는 듯하니 잘 생각한 뒤에 처분하겠습니다."라고 했다. 말 나온 김에 그 결론을 말하자면, 기숙생들은 일주일간 외출 금지 처분을 받았고 내 앞으로 와서 사죄했다. 그렇지 않았다면 그때 사직하고 도쿄로 돌아왔을 텐데 내가 말한 대로 되는 바람에 오히려 더욱 큰일이 벌어지고 말았다. 그 일에 대해서는 후에 다시 말하겠다. 이때 교장은 회의를 계속하겠다면서 이런 얘기를 했다. "학생들의 풍기는 교사들이 감화시켜서 바로잡아야 합니다. 그런 의미에서 교사들은 되도록 음식점 같은 곳에 드나들지 말았으면 좋겠습니다. 송별회 같은 특별한 경우는 예외지만, 혼자서 품위 없는 곳에는 가지 말았으면 하는 겁니다. 예를 들자면 메밀국수집이나 떡꼬치집 같은 곳……."이라고 하는 순간, 모든 사람들이 다시 웃음을 터뜨렸다. 광대가 고슴도치를 보고 튀김메밀국수라고 말하면서 눈짓을 보냈지만 고슴도치는 상대도 하지 않았다. 쌤통이다.

나는 머리가 나빠서 너구리가 하는 말을 잘 알아들을 수 없었지만 메밀국수집이나 떡꼬치집에 간다고 중학교 교사를 못 하는 거라면 나 같은 먹보는 안 되겠다고 생각했다. 그건 아무래도 상관없으니, 그렇다면 처음부터 메밀국수나 떡꼬치를 싫어하는 사람을 뽑으면 되지 않겠는가? 아무 말도 없이 지령을 건네주고서 메밀국수를 먹지 마라, 떡꼬치를 먹지 마라 하고 죄인 취급을 하면 나 같이 별 취미도 없는 사람에게는 커다란 타격이 된다. 그러자 빨강 셔츠가 다시 참견했다. "원래 중학교 교사 같은 사람들은 사회적으로 상류층이라고 해서 단순히 물질적인 쾌락만 추구해서는 안 됩니다. 그런 것들에 빠져들면 품성에 나쁜 영향을 끼칩니다. 하지만 인간인 이상, 어떤 오락거리가 없으면 시골 좁은 마을에 와서 좀처럼 살아가기 어려운 법이지요. 따라서 낚시를 가거나, 문학서를 읽거나, 혹은 신체시나 하이쿠* 짓기 등 무엇이든 좋으니 고상하고 정신적인 오락을 추구해야 합니다."

가만히 듣고 있자니 멋대로 잘도 떠들어 댄다. 바다 한가운데 나가서 거름을 낚고, 고루키가 러시아 문학가가 되고, 친한 게이샤가 소나무 밑에 서 있고, 오랜 연못에 개구리가 뛰어드는 것**이 정신적 오락이라면, 튀김메밀국수를 먹고 떡꼬치를 삼키는 것도 정신적 오락이다. 그런 같잖은 오락을 가르치려면 빨강 셔츠나 빠는 게 낫다.

---

* 俳句. 일본의 전통적인 짧은 시 형식을 가리킨다.

** 유명한 하이쿠 시인인 마쓰오 바쇼가 지은 '오랜 연못이여, 개구리 뛰어드는 물소리 古池や蛙飛込む水の音'라는 하이쿠를 암시한다.

너무 화가 나서 "마돈나를 만나는 것도 정신적 오락입니까?"라고 물어보았다. 그런데 이번에는 아무도 웃지 않았다. 묘한 표정으로 서로 눈만 쳐다봤다. 빨강 셔츠는 거북해하는 표정으로 아래를 바라보고 있었다. 거봐라. 한 방 먹었지? 다만 말라빠진 호박은 불쌍했다. 내가 그렇게 말하자 파란 얼굴이 더욱 파랗게 변했다.

7

그날 밤, 나는 하숙에서 나왔다. 하숙집으로 돌아가서 짐을 꾸리는데 안주인이 "뭔가 불편한 점이라도 있었나요? 마음에 안 드는 점이 있으면 말씀해 주세요. 고치겠습니다."라고 한다. 그저 놀라울 따름이다. 세상에는 어찌 이렇게 염치없는 사람들만 모여 산단 말인가? 있어 주길 바라는지, 나가 주길 바라는지 모르겠다. 정신병자 같다. 이런 사람을 상대로 싸워 봤자 도쿄 사람의 이름에 먹칠만 할 뿐이라 짐수레꾼을 데리고 와서 얼른 방을 뺐다.

나오기는 했지만 마땅히 갈 데가 없었다. 짐수레꾼이 "어디로 모실깝쇼?"라고 물어서 "그냥 따라오게. 곧 알 걸세."라고 대답하고 터벅터벅 걸었다. 귀찮아서 그냥 야마시로야로 갈까도 생각했지만 다시 나와야 할 게 뻔하니 더 귀찮다. '이렇게 걷다 보면 하숙이나 뭐라고 써 붙인 간판 달린 집을 발견하겠지. 그럼 하늘이 점지해 준 셈 치고 거기서 살자.' 하고 생각하며 빙글빙글, 한적하고 살기 좋아 보이는 곳을 걸었다.

그러다 보니 결국 가지야초라는 곳까지 나와 버렸다. 무사들의 저택이 있는 곳으로 하숙 같은 게 있을 리 없는 마을이라 좀 더 번화한 데로 갈까 하다가 문득 좋은 생각이 떠올랐다. 내가 경애해 마지않는 말라빠진 호박이 이 마을에 산다. 말라빠진 호박은 이 고장 사람으로 선조 대대로 내려오는 저택을 가지고 있을 정도이니 분명히 이 주변 사정에 밝을 것이다. 그 사람을 찾아가서 물어보면 쓸 만한 하숙을 가르쳐 줄지도 모른다. 다행히도 한 번 인사차 간 적이 있어서 대충은 위치를 알고 있었다. 그러니 찾아 헤맬 필요는 없을 것이다. 이쯤이다 싶은 곳을 적당히 가늠해서 "실례합니다. 실례합니다." 하고 두 번쯤 불렀더니 안에서 쉰 남짓 되어 보이는 나이 든 사람이 고풍스러운 초롱불을 들고 나왔다. 나는 젊은 여자도 싫지는 않았지만 나이 든 사람을 보면 왠지 그리운 느낌이 들었다. 아마도 기요를 좋아하기 때문에, 그 마음이 여기저기에 있는 할머니들에게 옮겨 붙는 것이리라. 이 사람은 아마도 말라빠진 호박의 어머니일 것이다. 단발머리를 한, 품위 있는 부인이었지만 말라빠진 호박과 아주 닮았다. 부인이 "어머, 어서 들어오세요."라고 했지만 나는 "잠깐 볼일이 있어서." 하고 대답했다.

결국 주인이 현관까지 나왔다. 그러고는 "사실은 일이 이러 저러 됐는데 어디 아는 데 없습니까?"하고 물어보았다. 말라빠진 호박 선생은 "거참 곤란하게 됐군요."라고 말한 뒤 한동안 생각하다가 "요 뒷마을에 하기노라는 나이 든 부부만 사는 집이 있는데, 언젠가 방을 비워두기는 아깝고 확실한 사람이 있으면 빌려 주고 싶으니 주선 좀 해 달라고 부탁을 받았어요. 아직도 방이 비었는지는 모르겠지만 일단 같이 가서 물어봅시다."라며 친절하게 데려다 주었다.

그날 밤부터 나는 하기노 댁의 하숙인이 되었다. 놀라운 사실은, 내가 이카긴의 집에서 나오자 그 다음 날부터 나 대신 광대가 뻔뻔스러운 얼굴로 내가 있던 방을 점령했다는 것이다. 이런 일에는 덤덤한 나도 이 사실에는 어안이 벙벙해졌다. 세상에는 거짓 스승들만 있어서 서로를 계략에 빠뜨리려고만 드는 걸지도 모르겠다.

세상이 이 지경이니 나도 지지 않겠다는 심정으로 남들처럼 해야 버틸 수 있다는 얘기다. 소매치기를 등쳐 먹지 않고서야 하루 세 끼를 먹지 못한다면 세상에서 살아가는 것을 다시 한 번 생각해 봐야겠다. 그렇다고 팔팔하게 건강한 몸으로 목을 매단다면 조상들에게 면목이 없을 뿐만 아니라 나쁜 소문도 돌 것이다.

생각해 보면 물리 학교 같은 곳에 들어가 수학처럼 아무 짝에도 쓸모없는 재주를 배우기보다는 600엔을 밑천으로 우유 장사라도 시작했으면 좋았을걸 그랬다. 그랬다면 기요도 내 곁에서 떠나지 않았을 테고, 나도 멀리서 할멈을 걱정하면서 살지 않아도 됐을 텐데. 같이 있을 때는 잘 몰랐는데 이렇게 시골에 와 보니 기요는 역시 착한 사람이었다. 그렇게 성품이 좋은 여자는 일본을 샅샅이 뒤져도 흔히 볼 수 없을 것이다. 할멈은 내가 떠날 때 살짝 감기를 앓고 있었는데 지금은 어떻게 지내는지 모르겠다. 전에 보낸 편지를 보면 틀림없이 기뻐하리라. 그건 그렇고 이젠 답장이 올 때도 됐는데……. 나는 이런 생각만 하면서 2, 3일을 보냈다.

신경이 쓰여서 주인집 할머니에게 "도쿄에서 편지가 오지 않았나요?"라고 때때로 물어보았지만 그때마다 "안 왔어유."라며 안됐다는 표정을 지었다. 이 집 주인 내외는 이카긴과 달리 원래가 무사 집안인지라 둘 다 품위가 있다. 할아버지가 밤마다 이상한 목소리로 부르는 우타이*에 대해선 할 말이 없었지만, 이카긴처럼 "차를 마십시다."라며 다짜고짜 찾아오지 않으니 살 것 같았다.

때때로 할머니가 내 방으로 건너와 여러 가지 얘기를 나눈다. "왜 색시를 데리고 오지 않으셨어유?"라고 물어서 "아내가 있는 것처럼 보이세요? 안됐지만 이래봬도 아직 스물넷이에요."라고 했더니 그래도 "선상님, 스물넷에 색시가 있는 건 당연하지 않어유."라고 운을 뗀 뒤, 여기 사는 누구는 스물에 아내를 맞았다는 둥 저기 사는 누구는 스물 둘인데 아이가 둘이나 된다는 둥 그런 예를 한 손으로 셀 수도 없을 만큼 들면서 반박했다. 거기에는 두 손을 다 들어 버렸다. "그럼 나두 스물넷에 아내를 맞아야겠으니 중매 좀 서 줘유."라

---

* 謠. 일본의 전통적인 가면극인 노能에 가락을 붙여 노래하는 것을 말한다.

고 사투리까지 쓰며 부탁했더니 할머니는 솔직하게 "참말이여유?"
한다.

"정말이고말고요. 나도 장가가고 싶어서 죽겠어요."

"참말이여유? 허긴, 젊은 사람들은 다 그런 법이쥬."

이 말에는 나도 질려서 더 이상 말할 수가 없었다.

"그래두 선상님은 벌써 장가를 드셨잖아유. 내는 벌써 다 알고 있
었구먼유."

"우아, 보통이 아니신데요. 어떻게 아셨어요?"

"어떻게 알긴 어떻게 알어유. 도쿄에서 편지가 오지 않았나 오지
않았나 하고 매일 편지만 눈 빠져라 기다리잖아유."

"이거 정말 놀랐는걸. 정말 보통이 아니네요."

"지 말이 맞쥬?"

"그래요. 맞을지도 모르겠네요."

"그른디, 요즘 여자들은 옛날허구 다르니께 방심허믄 안 돼유. 조
심혀야 혀유."

"그건 대체 무슨 소리세요? 내 마누라가 도쿄에 샛서방이라도 뒀
단 말인가요?"

"아니구먼유. 선상님 색시는 걱정 없지만서두……."

"어, 이제야 마음이 놓이는군. 그럼 뭘 조심하라는 거죠?"

"선상님 색시는 그럴 리 없구먼유, 그럴 리 없지만서두……."

"어디에 그럴 리 있는 사람이 있나 보죠?"

"여기에두 얼마든지 있어유. 선상님, 저 도야마네 딸 아시쥬?"

"아니요, 몰라요."

"아직 모르시는구면유. 이 근방에서는 젤루다 잘났어유. 너무 잘나서 핵교 선상님들은 전부 마돈나, 마돈나허구 부르는디. 아직 못 들어보셨구면유."

"아, 마돈나요? 난 게이샤 이름인줄 알았어요."

"아녀유. 선상님두 참. 마돈나는 코쟁이들 말루다 미인이라는 뜻이잖어유."

"그럴지도 모르겠네요. 이거 놀랐는걸."

"아마 미술 선상님이 붙여준 이름일 거구면유."

"광대가 붙인 거예요?"

"아녀유. 그 왜, 요시카와 선상님이 붙인거구면유."

"그 마돈나가 그럴 리 있는 사람이란 말이죠?"

"그 마돈나가 바람난 마돈나구면유."

"역시 그렇군. 옛날부터 별명이 붙은 여자 중에 제대로 된 여자는 없었으니까요. 그럴지도 모르겠네요."

"증말 그렇다니깐유. 귀신 오마쓰*도 그렇구, 달기의 오햐쿠** 같은 무시무시한 여자도 있잖여유."

---

* お松. 오늘날의 니가타 현에 살고 있었다는 여자 도적. 그 이야기를 각색한 가부키의 통칭이기도 하다.
** お百. 희대의 독부로 세상을 떠들썩하게 한 에도 시대 중기의 여성을 가리킨다. 중국 고대 국가였던 은나라를 기울게 한 악녀 달기와 연관지어 그렇게 불렀다.

"마돈나도 그런 여자인가요?"

"그 마돈나가 말이여유, 선상님. 거시기, 선상님을 여기루 데리고 온 고가 선상님 아시쥬? 그분헌티 시집을 가기루 약조했었거든유."

"거참 이상한걸. 말라빠진 호박 선생은 그렇게 여복 있는 사람으로 보이진 않았는데. 역시 겉모습 갖고는 모르는 법이구먼. 조심해야겠어요."

"근디, 작년에 그 댁 아버님이 돌아가시믄서……. 그때꺼정은 돈도 있구, 은행 주식도 있었구, 허는 일마다 잘 풀렸는디……. 그 담부터는 워쩐 일인지 갑자기 형편이 궁해져서……. 긍께 고가 선상님이 사람이 너무 좋아서 속은 거 같아유. 그래서 혼인날을 뒤로 미뤘는디, 그 교감 선상님이 찾아가서 꼭 자기헌테 시집을 와 달라고 말혔대유."

"빨강 셔츠 말이에요? 정말 몹쓸 녀석이구먼. 어쩐지 그 셔츠가 그냥 셔츠는 아닌 거 같았어. 그래서요?"

"사람을 보내서 얘기를 했더니 도야마 씨도 고가 씨한테 의리가 있응께 바로는 대답을 못허구, 좀 생각을 허겠다구 대답을 혔쥬. 그 담부터 빨강 샤쓰가 손을 쓰려고 도야마 씨네를 드나들었구, 결국에는 그 댁 색시를 손에 넣게 됐쥬. 빨강 샤쓰 선상도 빨강 샤쓰 선상이지만 색시도 색시라구 다들 욕혀유. 한번 고가 선상한테 시집가기루 혀 놓구선 이제 와서 학사 선상이 나타나니께 글루 갈라구 허니. 천벌을 받을 거구먼유."

"천벌을 받아 마땅하지. 천벌이 아니라 만벌, 억벌을 받아도 시원 찮아요."

"그래서, 고가 선상이 불쌍혀서 친구인 홋타 선상이 교감 댁을 찾 아갔더니 빨강 샤쓰 선상이 '나는 혼약한 사람을 가로챌 생각은 없다. 파혼이라도 한다면 모를까. 지금은 도야마 댁 따님과 교제하고 있 을 뿐이다. 도야마 댁 따님과 교제한다고 해서 특별히 고가 씨한테 미안해할 필요는 없지 않은가?'라고 말혔대유. 홋타 선상두 허는 수 없이 돌아갔다는구먼유. 빨강 샤쓰 선상허구 홋타 선상하고 그 담 부터 사이가 안 좋다는 소문이구먼유."

"모르는 게 없으시네. 어떻게 그렇게 훤하세요? 정말 보통이 아니 네요."

"이 좁아터진 동네서 모르는 게 어딨것슈?"

너무 잘 알아서 탈이다. 이 정도라면 내 튀김메밀국수나 떡꼬치 사건도 알고 있을지 몰랐다. 귀찮은 동네다. 하지만 덕분에 마돈나 의 의미도 알았고, 고슴도치와 빨강 셔츠의 관계도 알게 되어 후에 큰 도움이 되었다. 하지만 도대체 누가 나쁜 사람인지 판단을 내릴 수 없었다. 나처럼 단순한 사람은 흑 아니면 백이라고 콕 집어 주지 않으면 어느 쪽 편을 들어야 할지 모른다.

"빨강 셔츠하고 고슴도치 중 누가 좋은 사람이에요?"

"고슴도치는 또 뭐래유?"

"고슴도치는 홋타를 말하는 거예요."

"뭐, 홋타 선상이 더 센 거 같지만 빨강 샤쓰 선상은 학사 선상이 잖여유. 일은 잘 허시겠쥬. 그리고 빨강 샤쓰 선상이 더 상냥허구요. 그래도 학상들 사이에서는 홋타 선상의 평판이 더 좋다는구먼유."

"그러니까 누가 좋은 사람이죠?"

"그러게 월급을 많이 받는 쪽이 더 훌륭헌 거 아닐까유?"

더 이상 물어봐야 소용 없을 것 같아 그만뒀다. 그날부터 2, 3일 정도 지난 어느 날, 학교에서 돌아오니 할머니가 방긋방긋 웃으며 "자, 오래 기다리셨구먼유. 드디어 왔어유." 하며 편지 한 장을 가지고 와서는 "천천히 읽으셔유."라면서 방에서 나갔다.

집어 보니 기요가 보낸 편지였다. 작은 종이가 두어 장 붙어 있기에 잘 살펴봤더니 야마시로야에서 이카긴네 집으로 갔다가, 이카긴 네서 하기노 댁으로 온 것이었다. 게다가 야마시로야에서는 일주일 정도 묵었다. 여관인 만큼 편지까지 묵어 가게 할 생각이었나 보다. 열어 보니 매우 긴 편지였다.

도련님의 편지를 받고 바로 답장을 쓰려고 했지만 하필이면 감기에 걸려서 일주일 정도 누워 있는 바람에 이렇게 늦어졌어요. 죄송합니다.

그리고 요즘 젊은 아가씨들처럼 읽고 쓰는 것을 잘 못해서 이렇게 엉망인 글씨도 쓰는 게 보통 힘들지가 않아요. 조카에게 대필을 부탁할까 생각했지만 모처럼 보내는 것인데 제가 직접 쓰지 않으면 죄송할 것 같아서 일부러 한 번 적은 다음에 깨끗하게 다시 적었습니다. 깨끗이 적는 것은 이틀 만에 끝났지만 처음 적을 때는 나흘이나 걸렸답니다. 읽기 힘드실지 몰라도 그래도 열심히 썼으니 정성을 봐서 끝까지 읽어 주세요.

이런 서두와 함께 4척 정도 되는 종이에 무슨 말들을 적어 보냈다. 과연 읽기 어려웠다. 글씨도 못 썼고 대부분이 히라가나*여서 어디서 끊고 어디서 시작해야 하는지 구분하기가 매우 힘들었다. 나는 성격이 급해서 이렇게 길고 알아보기 힘든 편지는 5엔을 줄 테니 읽으라고 해도 읽지 않는다. 그렇지만 이때만큼은 진지하게 처음부터 끝까지 읽어 내려갔다. 다 읽었지만 읽는 데 너무 신경을 써서 의미를 알 수 없었기에 다시 한 번 처음부터 읽어 내려갔다. 방 안이 조금 더 어두워지는 바람에 아까보다 더 읽기 힘들어서 결국 마루 끝에 나앉아 정성스럽게 읽어 내려갔다. 그러자 파초 잎을 흔들고 맨살로 파고들던 초가을 바람이 막 읽기 시작한 편지를 정원 쪽으로 흔들어 대더니, 나중에는 4척이나 되는 종이가 파르르 울기 시작하여 손을 놓으면 저쪽 울타리까지 날아갈 것 같았다. 나는 그런 일에 신경을 쓸 틈이 없었다.

---

* 한자를 응용한 일본 고유의 문자. 일본어에는 원칙적으로 띄어쓰기가 없기 때문에 한자 없이 히라가나로만 문장을 쓰면 읽기 어렵다.

도련님은 대쪽 같은 성품이지만, 단지 울컥하는 성질이 있어서 그것이 걱정이에요. 다른 사람들에게 마음대로 별명을 붙이면 원성을 살 우려가 있으니 함부로 불러서는 안 됩니다. 만약 붙였다면 저 기요한테만 편지로 알려 주세요. 시골 사람들은 성품이 좋지 않다고 하니 큰일을 당하지 않도록 조심하세요. 날씨도 도쿄보다 더 변덕스러울 테니 춥게 자서 감기에 걸리면 안 됩니다. 도련님의 편지는 너무 짧아서 상황을 잘 모르겠어요. 다음에 보낼 때는 적어도 이 편지의 반 정도는 되게 써 주세요.

여관에 팁으로 5엔을 준 것은 잘하신 일이지만 나중에 돈이 모자라지는 않았나요? 시골에 가서 의지할 것이라고는 돈밖에 없으니 되도록 절약해서 만일의 경우에 대비해야 합니다. 용돈이 부족해서 궁할지도 모르니 우편환으로 10엔을 보냅니다. 일전에 도련님께 받은 50엔을 도련님이 도쿄로 돌아와서 집을 마련할 때 쓰려고 우체국에 맡겨 두었는데 이 10엔을 빼고도 아직 40엔이 남았으니 괜찮아요.

과연 여자들은 세심하다.

내가 마루 끝에 나앉아 기요가 보낸 편지를 바람에 펄럭이며 생각에 잠겨 있었는데 방문이 열리더니 하기노 할머니가 저녁상을 들고 들어왔다. "여즉 읽고 계셔유? 겁나게 긴 편진가 봐유."라는 물음에 "네. 소중한 편지라서 바람에 날리며 보고, 날리며 보고 하느라고요."라며 내가 생각해도 뜻 모를 대답을 한 뒤 밥상머리에 앉았다.

들여다보니 오늘도 삶은 고구마 조림이다. 이 집은 이카긴네보다 정중하고 친절하며 품위 있었지만 안타깝게도 음식이 별로였다. 어제도 고구마, 그제도 고구마였고 오늘밤도 고구마다. 틀림없이 내가 고구마를 아주 좋아한다고 말하기는 했지만 이렇게 매일 고구마만 먹는다면 목숨을 부지하지 못할 것이다. 말라빠진 호박 선생을 비웃기 전에 머지않아 내가 말라빠진 고구마 선생이 될 판이다. 기요라면 이럴 때, 내가 좋아하는 참치 회나 양념해서 구운 어묵을 내겠지만 가난한 무사 집안의 노랑이니 어쩔 수가 없다.

아무리 생각해 봐도 기요와 함께 있어야겠다. 만약 이 학교에 오래 있을 것 같으면 도쿄에서 기요를 불러오자. 튀김메밀국수를 먹어선 안 되고 떡꼬치를 먹어서도 안 되며 하숙에서는 매일 고구마만 먹어 누렇게 떠 있어야 한다니 교육자란 괴로운 직업이다. 선종禪宗 스님들의 입도 나보다는 더 호강할 것이다. 나는 고구마 한 접시를 해치우고 나서 책상 서랍에서 날계란 두 개를 꺼내 대접 모서리에 톡톡 쳐서 깨뜨려 먹은 뒤 식사를 마쳤다. 날계란으로라도 영양을 보충하지 않으면 일주일에 21시간 하는 수업을 어떻게 버틸 수 있겠는가?

오늘은 기요가 보낸 편지 때문에 늘 온천에 가던 시간이 지나 버렸다. 하지만 매일 다니던 것을 하루라도 빼 먹자니 마음이 좋지 않았다. 기차를 타고서라도 갈 생각으로 그 빨간 수건을 들고 역으로 갔더니 차가 2, 3분 전에 막 떠난 참이라 조금 기다려야 했다. 벤치에 앉아서 담배를 피우고 있는데 우연히도 말라빠진 호박이 나타났다. 나는 며칠 전에 얘기를 들은 다음부터 말라빠진 호박이 더욱 가여웠다. 안 그래도 하늘과 땅 사이에 얹혀사는 것처럼 조심스러운 행동이 불쌍해 보였는데 오늘밤은 그냥 불쌍한 정도가 아니었다. 할 수만 있다면 월급을 두 배로 올려 주고, 도야마 댁 아가씨랑 내일 결혼을 시켜서 한 달 정도는 도쿄에서 놀다 오게 해 주고 싶었다. 그래서 "온천에 가세요? 자, 여기에 앉으세요."라고 기세 좋게 자리를 양보했더니 말라빠진 호박은 황송하다는 표정으로 "아니, 신경 쓰지 마세요."라고 사양인지 뭔지를 한다. "조금 더 기다려야 차가 떠나요. 피곤할 테니 앉으세요."라고 다시 권했다. 사실 옆에 앉아 줬으면 좋겠다는 생각이 들 만큼 가여워 보여서 견딜 수가 없었다. "그럼 실례하겠습니다."라며 드디어 내 말을 들어주었다.

세상에는 광대처럼 내밀지 않아도 될 일에 건방지게 꼭 얼굴을 내미는 녀석도 있다. 고슴도치처럼 어깨 위에 내가 없으면 나라가 안 돌아간다는 듯한 얼굴을 얹고 다니는 녀석도 있다. 그런가 하면 빨강 셔츠처럼 머릿기름을 처바르고 호색한인 양 스스로 자랑하며 돌아다니는 녀석도 있다. 교육이 살아나서 검은 양복을 입으면 그게 바로 자신이라는 듯 돌아다니는 너구리도 있다. 모두들 제 나름대로 건방을 떨고 있지만 이 말라빠진 호박 선생처럼 있어도 없는 것 같고, 인질로 잡힌 인형처럼 조용한 사람은 본 적이 없었다. 얼굴이 조금 붓기는 했어도 이렇게 괜찮은 남자를 버리고 빨강 셔츠에게로 돌아서다니 마돈나도 참으로 알 수 없는 아가씨였다. 빨강 셔츠 같은 자가 아무리 많이 모여 들더라도 이렇게 훌륭한 남자는 못 될 것이다.

"어디 몸이라도 편찮으세요? 매우 피곤해 보이는데……."

"아니요, 특별히 이렇다 할 지병은 없는데……."

"거 다행이군요. 몸이 좋지 않으면 인간 구실을 못하죠."

"선생님은 매우 건강해 보입니다."

"네. 마르긴 했지만 병에 걸린 적은 없습니다. 앓아눕는 건 아주 질색이거든요."

내 말을 듣고 말라빠진 호박은 조용히 웃었다.

바로 그때 입구 쪽에서 젊은 여자의 웃음소리가 들려와서 별생각 없이 돌아보았더니 이거 참 대단한 사람이 나타났다. 피부가 하얗고 머리에는 한껏 멋을 부린 키 큰 미인과 마흔 대여섯쯤 돼 보이는 부인이 나란히 표를 파는 곳 앞에 서 있다. 나는 미인을 형용하는 재주가 없는 사내라서 뭐라고 말은 못하겠지만 굉장한 미인임에는 틀림없었다. 수정 구슬을 향수로 따뜻하게 해서 손바닥에 쥔 느낌이었다. 나이 든 쪽이 키가 더 작다. 하지만 얼굴이 아주 닮았으니 모녀이리라. 나는 '야, 왔구나.'라고 생각한 순간 말라빠진 호박은 까맣게 잊어먹고 젊은 여자만 바라보았다. 그러자 옆에 있던 말라빠진 호박이 갑자기 자리에서 일어나 슬금슬금 여자 쪽으로 걸어가기에 조금 놀랐다. 마돈나가 아닐까 싶었다. 세 사람은 매표소 앞에서 가볍게 인사를 나누었다. 떨어져 있어서 무슨 말을 하는지 알 수 없었다.

역 시계를 보니 이제 5분 후면 기차가 출발한다. 얘기할 상대가 없어져서 빨리 기차가 왔으면 좋겠다며 따분해하고 있는데 또 한 사람이 허겁지겁 역 안으로 뛰어들었다. 쳐다보니 빨강 셔츠였다. 나풀나풀한 기모노에 비단 허리띠를 대충 두르고 평소와 다름없이 금줄을 늘어뜨리고 있다. 저 금줄은 모조품이다. 빨강 셔츠는 아무도 모를 것이라 생각하고 보란 듯이 달고 다니지만 나는 잘 안다.

빨강 셔츠는 뛰어들자마자 두리번거리다가 매표소 앞에서 대화를 나누는 세 사람에게 은근히 인사를 하고 뭔가 두어 마디 얘기하는 듯싶더니 갑자기 내 쪽을 향해서 평소와 다름없이 사뿐사뿐 걸어왔다. "아, 선생님도 온천에 가세요? 난 또 늦는 줄 알고 걱정이 돼서 서둘러 왔더니 아직 3, 4분 남았네. 저 시계 맞는지 모르겠어."라면서 자기 금시계를 꺼내서 "2분 정도 틀리는구먼." 하고는 내 옆자리에 앉았다. 여자 쪽은 잠시도 돌아보지 않고 지팡이 위에 턱을 얹은 채 정면만 바라보고 있었다. 나이 든 부인은 때때로 빨강 셔츠를 쳐다보았지만 젊은 여자는 옆을 향한 채 서 있었다. 역시 마돈나다.

곧 삑, 하고 기적소리가 울리더니 기차가 들어왔다. 기다리던 사람들이 줄줄이 앞 다투어 올라탔다. 빨강 셔츠는 가장 먼저 일등칸으로 뛰어들었다. 일등칸에 탄다고 해서 거드름 피울 필요는 없다.

스미타까지 일등이 5센, 이등이 3센이니 겨우 2센 차이로 일등칸과 이등칸이 구별되는 것이다. 나 같은 사람도 일등을 사서 하얀 표를 쥐고 있는 것만 봐도 알 수 있다. 하지만 시골 사람들은 인색해서 단돈 2센을 더 내는 데도 고민하는 듯 대부분이 이등칸에 오른다.

빨강 셔츠의 뒤를 이어서 마돈나와 마돈나의 어머니가 일등칸에 올랐다. 말라빠진 호박은 판박이처럼 언제나 이등칸에만 타는 사내다. 그 선생은 이등칸 출입구 앞에 뭔가 주저하는 표정으로 서 있다가 내 얼굴을 보자마자 단숨에 뛰어들어 버렸다. 나는 이때 어쩐지 가여워서 견딜 수가 없었다. 그래서 말라빠진 호박의 뒤를 따라 바로 같은 객차에 올라탔다. 일등칸 표로 이등칸에 탄다고 문제될 것은 없으리라.

온천에 도착해서 3층에서 유카타를 입고 욕탕으로 내려갔을 때, 다시 말라빠진 호박을 만났다. 나는 회의나 무슨 일이 있을 때 말을 하려면 목이 메어서 말을 못하는 사람이지만 평소에는 꽤 말이 많았으므로 탕 속에서 이것저것 말라빠진 호박에게 말을 걸었다. 그가 자꾸만 가여웠다. 이럴 때 한마디라도 상대의 마음에 위로가 될 말을 해 주는 것이 도쿄 사람의 의무라고 생각한다. 하지만 말라빠진 호박은 내가 의도한 대로 응하지 않았다. 무슨 말을 해도 "네, 아니요."라고만 대답했고 그것도 아주 귀찮아하는 듯이 들렸기 때문에 결국에는 내가 그만두고 포기해 버렸다.

탕 속에서 빨강 셔츠는 보지 못했다. 워낙 탕이 여러 개 있어서 같은 기차를 타고 왔다 해도 같은 탕에서 만날 수 있는 것은 아니었다. 딱히 이상하게 여기지는 않았다. 목욕탕에서 나와 보니 달이 아름다웠다. 마을 양편에 버드나무가 있었고 버드나무 그늘이 길가에 둥그런 그림자를 드리웠다.

잠깐 산책이라도 하자. 북쪽으로 올라가 동구 밖으로 나서면 왼쪽으로 커다란 문이 있고 문 안쪽 막다른 곳이 절이며, 좌우로 기루妓樓가 있다. 산문 안에 유곽이 있다니 전대미문이다. 잠깐 들어가 보고 싶었지만 회의 때 너구리에게 다시 당할지도 몰라서 관두고 그대로 지나쳤다. 문들이 늘어서 있는 곳에 검은 발을 친, 창살을 댄 조그만 창이 있는 단층집은 내가 떡꼬치를 먹었다가 혼이 난 집이다. 둥그런 초롱불에 단팥죽, 떡국이라고 써 놓은 것이 매달려 있었으며 초롱불 빛이 처마 가까이에 있는 버드나무 한 그루의 줄기를 비추었다. 먹고 싶었지만 참고 그대로 지나쳤다.

먹고 싶은 떡꼬치를 못 먹는다니 그저 한심할 따름이다. 하지만 약혼한 사람이 다른 사람에게 마음을 준다면 더욱 한심할 것이다. 말라빠진 호박을 생각하면 떡꼬치는커녕 사흘 정도 굶더라도 불평 한마디 못하리라. 정말이지 사람만큼 못 믿을 존재도 없다. 그 얼굴을 보면, 아무리 생각해 봐도 그렇게 몰인정하게 행동할 사람으로는 보이지 않았는데…….

아름다운 사람이 몰인정하고 물에 불은 동아*처럼 생긴 고가 선

---

* 冬瓜 호박 비슷하게 긴 타원형인 열매가 맺히는 식물을 가리킨다.

생은 선량한 군자 같으니 참으로 모를 일이었다. 시원시원한 사람이라고 생각했던 고슴도치는 학생들을 선동했다고 하고. 학생을 선동한 줄 알았던 고슴도치가 교장에게 학생들을 처분하자고 주장하고. 그렇게 미워 보이던 빨강 셔츠가 의외로 친절하고, 빨강 셔츠가 내게 넌지시 주의를 주나 싶더니 마돈나를 속이기도 하고. 속였나 싶었는데 또 고가 쪽과 파혼하지 않으면 결혼은 바라지 않는다고 하고. 이카긴은 말도 안 되는 이유로 나를 쫓아내더니 바로 광대 양반을 들이고. 아무리 생각해 봐도 믿을 수가 없다. 이런 일들을 기요에게 써서 보내면 틀림없이 깜짝 놀랄 것이다. 하코네 건너편에 있는 곳이니 괴물들이 모여 산다고 할지도 모르겠다.

나는 원래 깊이 생각하지 않는 성격이라 무슨 일이 있어도 그리 고민하지 않고 지금까지 살아 왔다. 그런데 여기에 온 지 한 달이 될까 말까한데 갑자기 세상살이가 귀찮아지기 시작했다. 이렇다 할 커다란 사건은 없었지만 벌써 대여섯 살은 더 먹은 기분이 들었다. 얼른 그만두고 도쿄로 돌아가는 것이 상책일 듯싶었다. 차례로 이런 생각들을 하며 나도 모르는 사이에 돌다리를 건너서 노제리가와라는 강의 제방까지 나와 버렸다. 강이라고 하니 대단하게 들릴지 모르지만 사실은 2미터 정도나 되려나, 졸졸 흐르는 시내로 제방을 따라서 12정쯤 내려가다 보면 아이오이무라라는 곳이 나온다. 그 마을에는 관음보살이 있다.

되돌아서 온천 마을을 바라보니 붉은 등이 달빛 속에 빛나고 있

112

었다. 북소리는 유곽에서 들려오는 것이 분명하다. 강은 얕았지만 물살이 빨라서 신경질을 내듯이 정신없이 빛났다. 한가롭게 제방 위를 조금 걸었는데 저쪽에 사람 그림자가 보였다. 달빛에 비친 것을 보니 두 사람이었다. 온천에 왔다가 마을로 돌아가는 젊은이들인지도 모른다. 그런데 노래도 부르지 않는다. 너무 조용했다.

그쪽으로 걸어가는데 내 발걸음이 더 빨랐는지 두 사람의 그림자가 점점 커졌다. 한 사람은 여자인 듯했다. 내 발소리를 들었는지 약 20미터 정도 떨어진 거리까지 다가갔을 때 남자가 갑자기 뒤를 돌아보았다. 달은 뒤에서부터 비치고 있었다. 그때 남자의 모습을 보고 나는 아하 싶었다.

남자와 여자는 다시 조금 전처럼 걸었다. 나는 생각한 바가 있어서 갑자기 전속력으로 쫓아갔다. 앞에 있는 둘은 아무것도 모른 채 처음에 그랬듯이 천천히 발걸음을 떼었다. 이제는 무슨 말을 하고 있는지도 다 들렸다. 제방은 폭이 6척 정도였기 때문에 간신히 셋이 나란히 걸을 만한 넓이였다. 나는 별로 힘들이지 않고 뒤따라 붙어서 남자의 옷소매를 스치듯 앞질러나가 두 걸음 앞섰을 때쯤 휙 몸을 돌려서 남자의 얼굴을 들여다보았다. 정면에 있는 달이 짧게 쳐올린 내 머리부터 턱까지 사정없이 비추었다. 사내는 "엇!" 하는 작은 소리를 올리더니 갑자기 옆을 보았다. 그러고는 이제 돌아가자며 여자를 재촉하기가 무섭게 온천이 있는 마을 쪽으로 돌아섰다.

빨강 셔츠가 뻔뻔스럽게 입을 다물 생각이었는지, 배짱이 없어서 아는 체를 못했는지는 모른다. 마을이 좁아터져서 곤란한 것은 나뿐만이 아니었다.

8

빨강 셔츠가 권해서 낚시를 갔다 온 다음부터 나는 고슴도치를
의심했다. 있지도 않은 일을 꾸며서 하숙방을 비워 달라고 말했을
때는 참으로 무례한 녀석이라고 생각했다. 그런데 회의에서는 내
생각과 달리 끝까지 학생 엄벌론을 펼쳐서 나는 좀 이상하다며 고
개를 갸우뚱거렸다. 하기노 할머니한테 고슴도치가 말라빠진 호박
을 위해 빨강 셔츠와 담판을 지었다는 말을 듣자 거참 기특하다며
손뼉을 쳤다. 이런 점들로 미루어 보아 고슴도치가 나쁜 사람일 리
가 없었다. 빨강 셔츠가 비뚤어져 있을 것이다. 그래서 대충 억측하
고는 마치 사실인 양, 그것도 빙빙 돌려서 내 머릿속에 쑤셔 넣은
것이 아닐까 하고 고민하던 차에 그가 노제리가와의 제방에서 마돈

나와 산책하는 모습을 봤다. 그날부터 나는 빨강 셔츠가 수상한 놈이라고 생각했다. 수상한 놈인지 어떤 놈인지는 몰랐지만 어쨌든 좋은 사내는 아니었다. 겉과 속이 달랐다. 인간은 대나무처럼 곧지 않으면 믿음직스럽지 못하다. 올곧은 사람하고는 싸워도 기분이 좋다. 빨강 셔츠처럼 다정하고, 친절하고, 고상하며 호박 파이프를 자랑스레 내보이는 녀석은 마음을 놓을 수가 없다. 싸움도 거의 못할 것이다. 싸움을 하더라도 에코인*의 스모 대회에서 하듯이 속 시원하게 싸우지는 못하리라. 그런 점으로 따지자면 1센 5린 때문에 교무실 전체를 놀라게 했던 다툼 상대인 고슴도치가 훨씬 더 인간답다. 회의할 때 움푹 파인 눈을 휘둥그렇게 뜨고 나를 노려봤을 때는 참 미운 녀석이라고 여겼지만 나중에 생각해 보니 그것도 빨강 셔츠의 끈적끈적하고 살살거리는 목소리보다는 낫다. 사실 그 회의가 끝난 뒤에 이제 그만 화해하려고 한두 마디 말을 걸어 보았지만 녀석이 대답도 안 하고 다시 눈을 부라리기에 나도 화가 나서 그대로 내버려 두었다.

그 이후로 고슴도치는 나와 말도 하지 않았다. 책상 위에 올려놓았던 1센 5린은 아직도 책상 위에 있다. 먼지를 뒤집어 쓴 채 말이다. 물론 나는 손을 댈 수 없었다. 고슴도치도 결코 가져가지 않았다. 이 1센 5린이 둘 사이의 장벽이 되어 나는 말을 하고 싶어도 그럴 수 없었다. 고슴도치는 고집스레 입을 다물고 있다. 나와 고슴도치

---

* 回向院. 도쿄에 있는 절로, 에도 시대 때부터 스모 대회가 열렸다.

116

사이에는 1센 5린이 가로놓여 있었다. 마침내 학교에 가서 1센 5린을 보는 일이 괴로워졌다.

고슴도치와 내가 절교한 사람들처럼 보이는 것과 달리, 빨강 셔츠와 나는 여전히 예전 같은 관계를 유지하며 계속 교제했다. 노제리가와에서 만난 다음 날에는 학교에 나오자마자 제일 먼저 내 곁으로 다가와 "선생님, 이번 하숙은 마음에 드시나요?" "다음에 다시 한 번 러시아 문학을 낚으러 갑시다." 등 여러 가지 말을 걸었다. 나는 조금 얄미워서 "어제는 두 번이나 만났죠."라고 했더니 "네, 역에서……. 선생님은 언제나 그 시간에 나가시나요? 조금 늦지 않나요?"라고 묻는다. "노제리가와의 제방에서도 만났죠."라고 한 방 먹였더니 "아니, 나는 그쪽에는 가지 않아요. 목욕을 마치고 바로 돌아왔어요." 하고 대답한다. 그렇게 숨길 필요도 없는 일이다. 실제로 만났으니까. 거짓말을 잘하는 사내다. 이런 녀석이 중학교 교감이라면 나는 대학 총장도 할 수 있겠다. 나는 이때부터 빨강 셔츠를 믿지 않았다. 못 믿을 빨강 셔츠하고는 말하면서 감탄의 대상이 된 고슴도치와는 말을 섞지 않았다. 세상은 참 모를 노릇이다.

어느 날, 빨강 셔츠가 "잠깐 선생님과 얘기하고 싶으니 우리 집까지 와 주시지요."라고 해서 좀 아쉽기는 했지만 온천을 하루 빠지고 4시쯤 찾아가 보았다. 빨강 셔츠는 독신이었으나 교감인 만큼 하숙은 먼 옛날에 때려치우고 훌륭한 집에서 살고 있었다. 집세는 9엔 50센이라고 한다. 시골에 와서 9엔 50센만 주면 이런 집에 들어갈 수 있다니. 나도 큰맘 먹고 집을 빌린 다음, 도쿄에 있는 기요를 불러들여 기요를 기쁘게 해 주고 싶을 만큼 훌륭한 집이었다. 내가 왔다고 알리자 빨강 셔츠의 동생이 나와서 안내해 주었다. 이 동생이라는 녀석은 학교에서 나한테 대수와 산술을 배우는데 머리가 무척 나빴다. 그런 주제에 도회에서 온 녀석이라 시골 토박이들보다 더 못됐다.

빨강 셔츠를 만나 용건을 물어보니 예의 그 호박 파이프로 탄내나는 담배 연기를 피워 올리면서 이런 말을 했다. "선생님이 오고 나서 전임자가 있을 때보다 성적이 올라가서 교장 선생님도 아주 좋은 사람을 얻었다며 기뻐하시고……. 어쨌든 학교에서도 선생님을 믿고 있으니 그 점을 잊지 말고 열심히 힘써 주세요."

"아, 네, 그렇습니까? 지금보다 더 열심히 할 수는 없겠는데요."

"지금 정도면 충분해요. 단, 전에 말씀드렸던 점, 그 점만 잊지 않으면 됩니다."

"하숙을 봐 주는 사람은 위험하다는 것 말입니까?"

"그렇게 노골적으로 말하면 별 의미도 없는 일이 되지만……. 괜찮겠지……. 그 뜻은 선생님에게 잘 전달되었다고 생각하니까. 그래서 하는 말인데 선생님이 지금처럼만 열심히 해 주신다면, 학교 측에서도 다 지켜보고 있으니 조금 더 형편이 좋아지기만 하면 조금이라도 좋은 대우를 해 주리라 생각합니다……."

"네? 월급 말씀인가요? 월급이야 어찌 되든 상관없지만 오른다면 저야 좋지요."

"그래서 하는 말인데 이번에 다행스럽게도 한 분이 전근을 가게 돼서……. 뭐 교장 선생님하고 얘기하지 않는 이상 확실하게 보장할 수는 없지만, 그 봉급부터 어떻게 할 수 있을지 모르니 그렇게 되도록 교장 선생님과 말씀 나누려고 합니다."

"정말 감사합니다. 누가 전근을 갑니까?"

"곧 발표할 테니 말해도 괜찮겠지요. 그게, 고가 선생님입니다."

"고가 선생님은 이 고장 출신이 아닙니까?"

"이곳 사람이기는 하지만 조금 사정이 있어서……. 반은 본인이 희망한 겁니다."

"어디로 갑니까?"

"휴가*에 있는 노베오카로. 지역이 지역인 만큼 호봉을 하나 올려서 가게 되었습니다."

"다른 사람이 대신 오나요?"

"대신 올 사람도 거의 다 결정이 났습니다. 그 대신 오는 분의 처우를 고려해서 선생님의 대우도 결정될 겁니다."

"이거 감사합니다. 하지만 억지로 올려주시지 않아도 됩니다."

"어쨌든 나는 교장 선생님께 말씀드릴 생각입니다. 교장 선생님도 아마 같은 의견이시겠지만. 그래서 선생님이 좀 더 일하셔야 할 수도 있으니 모쪼록 지금부터 그런 각오를 다져 주세요."

---

* 日向. 규슈의 남동쪽에 있는 지역으로, 오늘날의 미야자키 지방을 가리킨다.

"지금보다 수업이 늘어납니까?"

"아니요, 수업은 지금보다 줄어들지도 모릅니다."

"수업은 주는데 일은 더 한다고요? 거참 이상하네."

"언뜻 들으면 묘하겠지만……. 아직 확실하게 말할 수 없지만, 그러니까 선생님에게 좀 더 중대한 책임을 맡기게 될지도 모른다는 뜻이죠."

무슨 말인지 하나도 모르겠다. 지금보다 더 중대한 책임이라면 수학 주임을 가리키는 걸 텐데 주임은 고슴도치고 녀석이 그만둘 기미는 전혀 없었다. 그리고 학생들에게 인망을 얻고 있으니 전근이나 면직은 학교 입장에서도 득이 안 된다. 빨강 셔츠의 말은 언제나 잘 알아들을 수가 없었다. 그렇지만 용건은 이제 끝이었다. 그러고 나서 빨강 셔츠는 잠깐 잡담을 하면서 말라빠진 호박의 송별회를 한다는 것을 말하고, 내가 술을 마시는지도 물어봤으며, 말라빠진 호박 선생은 군자로 사랑받아 마땅하다는 둥 여러 가지 얘기를 꺼냈다. 심지어 갑자기 내게 "선생님은 하이쿠를 읊으십니까?"라고 묻기에 이거 큰일 났다 싶어서 "하이쿠는 읊지 않습니다. 안녕히 계십시오." 하고는 서둘러 집으로 돌아왔다. 하이쿠는 바쇼 아니면 시간을 주체하지 못하는 사람이 읊는 것이다. 수학 교사가 나팔꽃에게 두레박을 빼앗겨서야* 말이 되겠는가?

---

* '나팔꽃에 두레박을 빼앗겨 얻어먹는 물朝顔や釣瓶とられてもらひ水'이라는 하이쿠 구절을 응용한 것. 하이쿠 같은 것에 마음을 빼앗길 수 없다는 뜻이다.

돌아와서 한참 생각에 잠겼다. 세상에는 정말이지 속모를 사내가 다 있다. 집안은 물론이고 근무하고 있는 학교며 무엇 하나 부족함이 없는 고향이 싫어졌다 해도, 낯선 타향으로 고난을 찾아가겠다니. 그것도 화려한 도시에 전차가 다니는 곳이라면 몰라도 휴가의 노베오카라니, 이게 무슨 말인가? 나는 그나마 배가 자주 들어오는 이곳에 왔으면서도 채 한 달이 지나기도 전에 벌써 집으로 돌아가고 싶어졌다. 노베오카라면 산골 중에서도 산골, 정말 깊은 산골이다. 빨강 셔츠의 말에 따르면 배에서 내려 하루 종일 마차를 타고 미야자키까지 간 뒤, 거기서 다시 하루 종일 인력거를 타고 들어가야 한단다. 이름만 들어도 탁 트인 곳이 아니라는 사실을 알 수 있을 것 같았다. 원숭이와 사람이 반씩 섞여서 살고 있을 것만 같다. 말라빠진 호박이 성인이라 할지라도 스스로 원숭이를 상대하고 싶어 하지는 않을 텐데, 뭐가 뭔지 모르겠다.

그때 평소와 다름없이 할머니가 저녁 밥상을 들고 들어왔다. "오늘도 또 고구마예요?"라고 물어보니 "아녀유. 오늘은 두부여유." 한다. 그게 그거 아닌가?

"할머니, 고가 선생님이 휴가로 간다지요?"

"정말 가엾어유."

"가엾으나 마나 좋아서 간다니 하는 수 없죠."

"좋아서 간다구유? 누가 그른디유?"

"누구냐뇨? 본인이요. 고가 선생님이 좋아서 가는 게 아닌가요?"

"에구 선상님두. 그건 말두 안 되는 소리쥬."

"말도 안 되는 소릴까요? 지금 막 빨강 셔츠가 그렇게 말했어요. 그게 말도 안 되는 소리라면 빨강 셔츠는 거짓말쟁이겠네요?"

"교감 선상님이 그르케 말했다문 그를지도 모르것지만, 고가 선상님이 가고 싶어 하지 않는 것두 사실이여유."

"그렇다면 양쪽 다 옳다는 말이죠? 할머니는 공평해서 좋아요. 대체 어떻게 된 일이죠?"

"오늘 아침에 고가 선상님 엄니가 오셔서 사정을 전부 말씀허셨구먼유."

"어떤 사정을 말씀하셨나요?"

"그 집도 아부지가 돌아가신 뒤로 울덜이 생각헌 거보다 더 형편이 안 좋아졌는지 엄니가 교장 선상님께 부탁을 혀서 근무헌지도 벌써 4년이 지났응께 지발 매달 받는 걸 쪼깐 올려달라구 혔구먼유, 글씨."

"그랬군요."

"교장 선상님이, 알겠다구 생각혀 보겠다구 말씀허셨다는디. 그래서 엄니두 안심허구 바루 월급이 오를 거라며 이제나 저제나 눈이 빠져라 기다리구 있는디 교장 선상님이 잠깐 보자고 고가 선상님을 불러서 가 봤더니, 안됐지만 학교에는 돈이 부족혀서 월급을 올려 주지 못헌다. 하지만 노베오카에 빈자리가 있는디 거기서는 다달이 5엔 더 준다고 허니 딱 맞을 거 같아서 그르케 처리를 혔으니 가게나, 혔다는구먼유."

"그건 합의가 아니라 명령이잖아요."

"그려유. 고가 선상님이 다른 디 가서 월급 더 받느니 전처럼 받아두 상관없으니 여기 있구 싶다, 집도 있구 엄니도 있으니 하구 부탁혔지만 이미 그르게 결정을 헌 뒤고 고가 선상님 뒤에 올 사람도 구혔으니 허는 수 없다구 교장 선상님이 말씀허셨디유."

"엉뚱한 사람을 바보로 만들어 놓고 웃기지도 않네요. 그럼 고가 선생님은 가고 싶은 마음이 없는 거네요? 어쩐지 이상하다 싶었어. 5엔 더 받자고 그런 산 속으로 원숭이를 상대하러 갈 멍청이는 없을 테니까요."

"멍청이유? 선상님 말인가유?"

"아무렴 어때요? 이건 완전히 빨강 셔츠의 작전이야. 나쁜 짓이야. 속임수야. 그래 놓고는 내 월급을 올려 주겠다니 이런 말도 안되는 소리가 어디 있어? 올려 준다고 해서 내가 올리게 그냥 둘 거 같아?"

"선상님은 월급이 오르나유?"

"올려 준다고 했지만 거절하려고요."

"왜유?"

"왜고 자시고 거절하렵니다. 할머니, 그 빨강 셔츠는 바보예요. 비겁하고."

"비겁혀두, 선상님. 월급을 올려 주겠다문 가만히 받는 게 젤루다 좋은 거 아닐까유? 젊었을 때는 화두 잘 내구 허지만, 나이 먹구 나서 생각혀 보문 쪼매 더 참았으면 좋았을 걸 아깝다. 괜히 화내서 손해 봤다구 생각허는 것이 인지상정이지유. 늙은이 말대루 빨강 샤쓰가 월급을 올려 준다구 허문 고맙게 받아 두서유."

"나이 많이 잡숴 놓고 쓸데없이 끼어들지 마세요. 오르든 말든 내 월급이니까."

할머니는 말없이 물러났다. 할아버지는 느릿한 목소리로 우타이를 부르고 있다. 우타이란 그냥 읽으면 알 걸 쓸데없이 어려운 곡조를 붙여서 일부러 알아듣기 힘들게 만드는 기술이리라. 그런 걸 매일 밤 쉬지도 않고 부르는 할아버지의 마음을 모르겠다. 지금 내게는 우타이가 문제가 아니었다. 월급을 올려 준다고 하니, 별로 필요하지는 않았지만 쓸데없이 돈을 남겨 두는 것도 아깝다는 생각이 들어서 알았다고 허락했는데, 전근 가고 싶지도 않은 사람을 억지로 전근 가게 해 놓고 그 사람의 월급을 벗겨 먹겠다니 그런 몰인정한 처사가 어디 있단 말인가? 본인이 그냥 이대로 있겠다고 하는데도 노베오카라는 산골짜기로 내몰다니 대체 무슨 생각을 하고 있는 건지? 다자이 곤노소츠도 규슈의 하카다 부근에 자리를 잡았다. 가와이 마타고로도 사가라서 멈추지 않았는가? 어쨌든 빨강 셔츠네 집으로 가서 거절하고 오지 않으면 마음이 편치 않을 것이다.

두꺼운 천으로 된 하카마를 걸치고 다시 집을 나섰다. 커다란 현관에 버티고 서서 사람을 불렀더니 이번에도 아까 그 동생이 나와서 문을 열어 주었다. 내 얼굴을 보더니 '또 왔어?'라는 눈치였다. 일이 있으면 두 번이고 세 번이고 온다. 오밤중에 두들겨 깨울지도 모른다. 교감 댁에 환심을 사러 오는 사람이라는 오해를 받아서야 쓰겠는가? 이래봬도 월급이 필요 없어서 돌려주러 온 참이다. 그런데 동생이 지금 손님이 와 계신다기에 현관에서라도 좋으니 잠깐 뵙고 싶다고 했다. 그랬더니 안으로 들어갔다. 발밑을 내려다보니 얇고 짚으로 바닥을 엮은 남자용 나막신이 있었다. 안쪽에서 "이제 만사 해결됐습니다."라는 목소리가 들렸다. 손님은 광대였다. 광대가 아니고서야 저렇게 계집애 같은 목소리를 내면서 이런 광대 같은 나막신을 신을 사람이 없다.

잠시 후에 빨강 셔츠가 램프를 들고 현관까지 나와서 "자, 안으로 들어오세요. 손님은 다른 사람이 아니라 요시카와 선생이에요."라고 하기에 "아니요. 여기서 해도 충분합니다. 잠깐만 얘기하면 됩니다."라고 대답하며 빨강 셔츠의 얼굴을 보니 긴토키*처럼 얼굴이 벌겋다. 광대와 한잔하고 있는 듯했다.

"조금 전에 제 월급을 올려 준다고 하셨는데 생각이 조금 바뀌어서 거절하러 왔습니다."

빨강 셔츠는 램프를 앞으로 내밀고 그 너머에서 내 얼굴을 들여다보았지만 갑작스러운 말에 대답을 못하고 멍하니 서 있다. 월급을 올려 주겠다는데도 거절하는 녀석이 세상에 하나 나타났다는 사

---

* 坂田金時. 헤이안 시대의 장수로, 몸이 매우 크고 힘이 장사였다고 한다.

실을 못 믿는 것인지, 거절을 할 때 하더라도 조금 전에 돌아갔다가
바로 다시 찾아와서 할 필요는 없지 않느냐며 어리둥절한 것인지,
혹은 두 개가 하나로 합쳐진 것인지 입매를 묘하게 한 채 서서 말이
없다.

"아까는 고가 선생이 자기가 원해서 전근을 간다는 얘기를 들어
서 승낙한 건데……."

"고가 선생님은 순전히 자기가 원해서 전근 가는 거예요."

"그렇지 않습니다. 여기에 있고 싶어 합니다. 월급을 올려 주지
않아도 좋으니 고향에 남고 싶어 합니다."

"선생님, 고가 선생님한테 그런 말을 들었나요?"

"이건 본인에게서 들은 얘기가 아닙니다."

"그럼 누구한테 들었죠?"

"우리 하숙집 할머니가, 고가 선생님의 어머님께 들을 얘기를 오
늘 나한테 해 줬습니다."

"그럼 하숙집 할머니가 그렇게 얘기한 거군요?"

"네, 그렇습니다."

"미안하지만 조금 다릅니다. 선생님 말대로라면 하숙집 할머니의
말은 믿을 수 있어도 교감의 말은 못 믿겠다는 뜻으로 들리는데, 그
렇게 해석해도 됩니까?"

나는 조금 난처했다. 문학사란 역시 대단한 사람이다. 엉뚱한 꼬
투리를 잡아 끈적끈적 들러붙는다. 나는 아버지에게 곧잘 "너는 성

질이 급해서 글러 먹었다. 글러 먹었어."라는 말을 듣곤 했는데 역시 좀 성질이 급한가 보다. 할머니의 말을 듣고 깜짝 놀라서 뛰쳐나왔지만 사실은 말라빠진 호박에게도, 말라빠진 호박의 어머니에게도 자세한 사정을 듣지 않았던 것이다. 따라서 문학사처럼 들러붙으면 막아 낼 재간이 없다.

그렇기는 하지만 나는 이미 마음속에서 빨강 셔츠에 대한 불신임안을 내 버렸다. 하숙집 할머니도 욕심 많은 구두쇠임에는 틀림이 없지만 거짓말은 하지 않는 여자였다. 빨강 셔츠처럼 겉과 속이 다른 사람은 아니다. 나는 하는 수 없이 이렇게 대답했다.

"선생님의 말씀이 사실일지도 모르겠지만, 어쨌든 월급은 더 받지 않겠습니다."

"그건 더 이상한데요. 지금 선생님은 월급을 더 받을 수 없는 이유를 찾았기 때문에 일부러 오신 것 같은데, 내 설명을 듣고 그럴 이유가 없어졌는데도 월급을 더 안 받겠다는 것은 좀 이해하기 어렵습니다."

"이해를 못 하실지도 모르겠지만 어쨌든 거절하겠습니다."

"그렇게 싫으시다면 억지로 받으라고는 하지 않겠습니다. 그렇지만 두세 시간 만에 특별한 이유도 없이 돌변하면 앞으로 선생님 신용에 문제가 생깁니다."

"문제가 생겨도 괜찮습니다."

"그렇지 않아요. 인간에게 신용보다 더 중요한 게 없거든요. 설사

하숙집 주인이……."

"주인이 아니라 할머니입니다."

"누구든 상관없습니다. 하숙집 할머니가 선생님에게 한 말이 사실이라 하더라도 선생님의 월급이 오르는 것은 고가 선생님의 소득을 깎아서 얻는 게 아닙니다. 고가 선생님은 노베오카로 가십니다. 그 대신 다른 사람이 옵니다. 그 사람은 고가 선생님보다 조금 적게 받기로 되어 있습니다. 그 나머지를 선생님에게 드리는 것이니 선생님은 아무도 안됐다고 생각할 필요가 없습니다. 고가 선생님은 지금부터 노베오카로 가시고 새로 오는 분은 처음부터 약속해서 월급을 덜 받습니다. 그래서 선생님 월급이 오를 수 있다면 이보다 더 좋은 일도 없을 텐데요. 정 싫으시다면 어쩔 수 없지만 집에 돌아가셔서 다시 한 번 생각해 보지 않으시겠습니까?"

나는 머리가 그다지 좋지 않기 때문에 상대방이 이렇게 교묘한 말을 하면 평소에는 '아, 그런가? 그럼 내가 잘못 생각했나 보다.' 하고 물러서지만 오늘밤에는 그럴 수가 없었다. 여기에 처음 왔을 때부터 빨강 셔츠는 왠지 마음에 들지 않았다. 중간에 친절한 여자 같은 사내라고 생각한 적은 있었지만, 그게 친절도 뭣도 아닌 듯해서 그 반동의 결과로 지금은 더욱 싫어졌다. 그렇기 때문에 상대방이 아무리 능란하게 논리적으로 말을 해도, 당당한 교감답게 내 입을 막아도 상관하지 않는다. 토론을 잘하는 사람이 선하다는 보장은 없다. 말문이 막힌 사람이 악인이라는 보장도 없다. 겉으로는 빨강 셔츠 쪽이 훨씬 더 그럴듯해 보여도, 겉모습이 제아무리 훌륭하더라도 마음까지 사로잡을 수는 없다. 돈이나 권력, 논리로 인간의 마음을 살 수 있다면 고리대금업자나 순사, 대학교수 모두 사람들에게 존경을 받아야 한다. 중학교 선생 정도의 논법으로 어찌 내 마음을 움직일 수 있겠는가? 인간은 좋고 싫음에 따라서 움직이는 법이다. 논법으로 움직이지 않는다.

나는 "선생님의 말씀은 옳지만 저는 월급을 올려 받기가 싫어졌으니 거절하겠습니다. 생각해 봐도 답은 마찬가집니다. 안녕히 계십시오."라고 내뱉고 문을 나섰다. 머리 위에 은하수 한 줄기가 걸려 있었다.

9

말라빠진 호박의 송별회가 있던 날 아침, 학교에 나갔더니 고슴도치가 갑자기 "전에는 이카긴이 와서 자네가 난폭해서 힘드니까 어떻게 좀 나가게 해 달라고 부탁해서 진심인 줄 알고 자네에게 나가라고 한 걸세. 그런데 나중에 얘기를 들어보니 그 녀석이 나쁜 놈이었어. 곧잘 가짜 그림이나 글에 위조한 낙관落款을 찍어 팔았다고 하니 자네에 대한 얘기도 완전히 엉터리일 거야. 자네에게 족자나 골동품을 팔아서 장사나 해 볼 참이었는데 자네가 사질 않아 돈벌이가 안 되니까 그런 거짓말을 꾸며서 날 속인 거야. 그 사람을 잘 몰라서 자네에게 큰 실례를 범했네. 용서해 주게나."라며 장황하게 사죄했다.

나는 아무 말 없이 고슴도치의 책상 위에 있던 1센 5린을 집어다 내 지갑 안에 넣었다. 고슴도치가 "자네, 그걸 다시 가져가는 건가?" 라고 이상하다는 듯이 묻기에 "나는 자네에게 얻어먹기 싫어서 꼭 갚으려고 했네만 그 뒤로 생각해 보니 그래도 얻어먹는 편이 나을 것 같아서 다시 가져가는 걸세."라고 설명했다. 고슴도치는 커다란 목소리로 "아하하하." 하고 웃으며 "그럼 왜 빨리 가져가지 않았나?" 라고 물었다. "실은 가져가야지, 가져가야지 했지만 어째 좀 이상해 서 그대로 놓아두었네. 요즘에는 학교에 와서 1센 5린을 보는 게 괴 로울 만큼 싫었어."라고 말했더니 고슴도치가 "자네는 정말 지기 싫 어하는 사람이군."이라고 하기에 "자네는 정말 고집불통일세."라고 대답해 주었다. 그 다음에 둘이 이런 말을 주고받았다.

"자네 대체 어디 출신인가?"

"나는 도쿄 사람이야."

"그래? 도쿄 사람이야? 어쩐지 지기 싫어한다 했어."

"자네는 어딘가?"

"나는 아이즈* 출신이야."

"아이즈? 그래서 그렇게 고집불통이구먼. 오늘 송별회에 갈 건가?"

"당연히 가야지. 자네는?"

"나도 물론 가야지. 고가 선생님이 떠날 때는 항구까지 마중을 나 갈 생각이라네."

---

* 会津. 일본의 동북부 지방. 오늘날의 후쿠시마 현 서쪽 지역이다.

"한번 참석해 보게. 송별회는 아주 재미있거든. 오늘은 마음껏 마실 거야."

"마시든지 말든지 맘대로 하게. 나는 안주만 먹고 바로 돌아갈 걸세. 술 먹는 녀석들은 바보들이야."

"자네는 금방 싸움을 거는 성미구먼. 역시 도쿄 사람의 가벼운 성격을 잘 보여 준다니까."

"아무래도 상관없네. 송별회에 가기 전에 우리 집에 잠깐 들르게. 할 얘기가 있어."

고슴도치는 약속한 대로 내 하숙을 찾아왔다. 나는 그 동안 말라빠진 호박의 얼굴을 볼 때마다 가엾어서 견딜 수가 없었는데 마침내 송별회 날이 되자 너무나도 불쌍한 나머지 가능하다면 내가 대신 가고 싶다는 생각이 들었다. 그래서 송별회에서 한바탕 연설이라도 해서 가는 길에 힘을 북돋워 주고 싶었지만 내 도쿄 말투로는 도저히 그렇게 안 될 것 같았다. 그리하여 목소리가 우렁찬 고슴도치를 시켜 가장 먼저 빨강 셔츠의 간담을 서늘하게 만들어야겠다는 생각이 들어서 일부러 고슴도치를 부른 것이다.

나는 우선 마돈나 사건부터 얘기했는데 고슴도치는 마돈나 사건에 대해서 나보다 더 자세히 알고 있었다. 내가 노제리가와의 제방에서 있었던 일을 얘기한 뒤 "그 녀석은 바보야!"라고 했더니 고슴도치는 "자네는 아무한테나 바보라고 하는가? 오늘 학교에서 나한테도 바보라고 하지 않았는가? 내가 바보라면 빨강 셔츠는 바보가 아닐세. 나는 빨강 셔츠와 같은 부류가 아니니까."라고 주장했다. 내가 "그럼 빨강 셔츠는 얼간이, 멍청이다."라고 했더니 "그럴지도 모르겠군."이라며 고슴도치는 내 의견에 동의했다. 고슴도치는 강하기는 했지만 이런 말이라면 나보다 훨씬 부족했다. 아이즈 사람들은 대체로 그런 모양이었다.

그런 다음, 월급 인상 사건과 앞으로 중용하겠다던 빨강 셔츠의 말을 했더니 고슴도치는 "흥!" 하고 콧방귀를 끼면서 "그럼 나를 자를 생각이구먼."이라고 말했다. "자를 생각이라니, 그럼 자네는 잘릴 건가?"라고 물었더니 "누가 잘린대? 내가 잘리는 날은 빨강 셔츠도 같이 잘리는 날일세."라고 호언장담을 했다. 내가 "어떻게 같이 자를 생각인가?"라고 되물었더니 "거기까지는 아직 생각하지 않았어."란다. 고슴도치는 강해 보이기는 해도 그렇게 지혜로운 것 같지는 않았다. 내가 월급 인상을 거절했다고 말하자 아주 기뻐하며 "과연 도쿄 사람답구먼. 아주 잘했어."라고 칭찬했다.

말라빠진 호박이 그렇게 싫어하는데도 어째서 유임留任 운동을 해 주지 않았느냐고 물었다. 그랬더니 말라빠진 호박에게서 얘기를 들었을 때는 이미 모든 일이 결정된 상태여서 교장을 두 번, 교감을 한 번 찾아가 말해 봤지만 어찌할 도리가 없었다고 했다. 이것도 다 고가가 너무 사람이 좋아서 벌어진 일이었다. 빨강 셔츠가 얘기했을 때 단호하게 거절하거나 일단 한번 생각해 보겠다며 그 자리를 모면했으면 될 것을, 그 말주변에 속아 넘어가서 즉석에서 허락해 버린 탓에 나중에 어머니가 찾아가서 울며 호소해도, 자기가 담판을 지으러 가도 소용이 없었다며 매우 아쉬워했다.

이번 사건은 빨강 셔츠가 말라빠진 호박을 멀리 내쫓고 마돈나를 완전히 자기 손에 넣기 위해서 부린 책략이라고 내가 말하자 "거야 뻔한 얘기지. 녀석은 사람 좋은 얼굴을 하고 다니지만 나쁜 계략을 꾸미고, 누가 뭐라고 하면 도망갈 구멍을 파 놓고 기다리는 녀석이니 여간 간사한 놈이 아니야. 그런 놈들은 주먹맛을 봐야 말을 들어."라면서 울퉁불퉁한 팔뚝을 걷어붙였다. 나는 말이 나온 김에 "자네 팔 힘이 아주 세 보이는데. 유도라도 하나?"라고 물었다. 그러자 고슴도치가 두 팔뚝에 힘을 주고 "한번 만져 보게." 해서 손가락 끝으로 문질러 보았더니 마치 온천에 있는 속돌 같았다.

나는 너무 놀라서 "그 정도 팔뚝이라면 빨강 셔츠 대여섯 명을 한꺼번에 날려 버릴 수 있겠는데."라고 했더니 고슴도치는 "당연하지."라면서 굽혔던 팔을 폈다 오므렸다 했다. 그러자 알통이 살갗 밑에서 꿈틀댔다. 더할 나위 없이 보기 좋았다. 고슴도치의 말에 따르면 종이로 꼰 새끼를 두 줄 정도 합쳐서 그 알통이 있는 부분에 감고 팔을 굽히면 뚝 끊어진다고 한다. 종이로 꼰 새끼라면 나도 할 수 있겠다고 했더니 "힘들걸. 할 수 있으면 한번 해 보게."라고 한다. 끊지 못했다간 나쁜 소문이 날 것 같아서 다음에 하기로 했다.

"이봐, 어때? 오늘 송별회에서 마음껏 마신 뒤에 빨강 셔츠와 광

대를 패 주면 어떻겠는가?"라고 반 장난삼아서 물었더니 고슴도치
는 "글쎄." 하고 생각에 잠겼다가 "오늘밤에는 관두세."라고 했다. 왜
냐고 물었더니, "오늘은 고가를 위로해야지. 그리고 어차피 팰 거라
면 녀석들이 나쁜 짓 하기를 기다렸다가 현장에서 패야 해. 그렇지
않으면 우리가 걸려들 거야."라며 제법 분별 있는 사람처럼 말했다.
고슴도치가라도 나보다는 생각이 깊은 듯했다.

"그럼 연설을 해서 고가 선생님을 크게 칭찬해 주게. 내가 하면
가벼운 도쿄 말투 때문에 박력이 없을 거야. 그리고 그런 자리에 나
가면 갑자기 가슴이 두근거리고 커다란 덩어리가 목구멍을 막아 버
려서 말이 나오질 않으니 자네에게 양보하겠네."라고 했더니 "거참,
묘한 병이로구먼. 그럼 자네는 사람들 앞에선 말을 못 한다는 얘기지?
그거 불편하겠는걸."이라고 하기에 "뭐, 그렇게 불편하지는 않네."
하고 대답했다.

그러는 동안에 시간이 되어 고슴도치와 함께 회장으로 갔다. 회
장 이름은 가신테였다. 이 근방에서 제일가는 요릿집이라는데 나는
한 번도 가 본 적이 없었다. 원래 장관의 집이었던 것을 사들여 그
대로 개업했다는데 그에 걸맞게 으리으리해 보였다. 장관의 집이
요릿집이 되다니, 마치 갑옷 위에 두르는 망토를 잘라서 속옷을 만
든 것과 같다.

두 사람이 도착했을 때는 대부분의 사람들이 모여 있어서 다다미
50장이나 되는 넓은 방 안에 무리 두 셋이 이루어져 있었다. 다다

미 50장 넓이인 만큼 도코노마가 아주 훌륭하고 넓었다. 내가 야마시로야에서 점령했던 15장짜리 방에 있던 것과는 비교도 안 될 정도였다. 재 보니 두 간이나 되었다. 오른쪽에 붉은 무늬가 들어간 세토모노*를 놓고 그 안에 커다란 소나무 가지를 꽂아 놓았다. 소나무 가지를 꽂아 놓고 뭘 어쩌자는 것인지는 모르겠지만 몇 개월이 지나도 시들지 않으니 돈은 아껴서 좋을 것이다. "저 세토모노는 어디서 온 거죠?"라고 과학 교사에게 물었더니 "저건 세토모노가 아닙니다. 이마리**입니다."라고 했다. "이마리도 세토모노 아닌가요?"라고 물었더니 과학은 헤헤헤헤 하고 웃었다. 나중에 물어보았더니 세토에서 나는 도자기라서 세토모노라고 부른단다. 나는 도쿄 사람이라 도자기는 전부 세토모노라고 부르는 줄 알았다. 도코노마 한가운데 커다란 족자가 있었는데 내 얼굴만큼 커다란 글자가 28자 적혀 있었다. 아무리 봐도 엉망이다. 너무 엉망이어서 한문 선생에게 왜 저렇게 엉망인 글씨를 당당하게 걸어 놓았느냐고 물었더니 선생이 그것은 가이오쿠라는 에도 시대의 유명한 서예가가 쓴 것이라고 가르쳐 주었다. 가이오쿠인지 뭔지는 모르겠지만 나는 아직도 악필이었다고 생각한다.

얼마 지나지 않아서 서기인 가와무라가 "자, 이제 자리에 앉아 주십시오."라고 했다. 기둥이 있어서 기대기 편한 자리에 앉았다. 가이

---

* 瀬戸物. 세토 지방에서 나는 도자기를 말한다.

** 伊万里. 규슈의 사가 지방에서 나는 도자기를 말한다.

오쿠의 족자 앞에 너구리가 하오리와 하카마 차림으로 자리를 잡자 그 왼쪽에 같은 차림을 한 빨강 셔츠가 자리를 잡았다. 오른쪽에는 오늘의 주인공이라는 이유로 말라빠진 호박 선생이 기모노 차림으로 자리를 잡았다. 나는 양복을 입은 탓에 무릎을 꿇고 앉기가 불편해서 곧 양반 다리를 했다. 옆에 있는 체육 교사는 검은 바지를 입고 잘도 꿇어 앉아 있다. 체육 교사이니 단련깨나 많이 한 모양이다.

곧 음식이 나왔고 술병들이 늘어섰다. 서기가 일어나서 개회사 한 마디를 던진다. 그리고 너구리가 일어나고, 빨강 셔츠가 일어나고. 처음부터 끝까지 송별의 말을 했는데 세 사람 모두 입을 맞추기라도 한 듯이 말라빠진 호박이 좋은 교사이자 훌륭한 인물이라는 점을 강조하고, 이번에 떠나게 돼서 매우 안타까우며, 학교로서도 그렇고 개인적으로도 매우 애석하지만 일신상의 이유로 어쩔 수 없이 전근을 희망하게 됐으니 하는 수 없다는 뜻의 말을 했다. 저런 거짓말을 해 가면서 송별회를 열고도 전혀 부끄러워하는 기색이 없다. 셋 중에서도 특히 빨강 셔츠가 말라빠진 호박을 가장 칭찬했다. 이렇게 좋은 친구를 잃게 돼서 자신에게는 참으로 커다란 불행이라고까지 말했다. 그 말투가 너무나도 그럴 듯한 데다가 그 부드러운 목소리를 더욱 부드럽게 해서 말했기 때문에 처음 듣는 사람이라면 틀림없이 다들 깜빡 속으리라. 아마 마돈나도 저런 식으로 꼬였을 것이다. 빨강 셔츠가 송별의 말을 하는 동안 건너편에 앉아 있던 고슴도치가 내 얼굴을 보며 잠시 눈을 번뜩였다. 나는 그에 대한 답으로 검지로 눈 아래를 까뒤집어 보였다.

빨강 셔츠가 자리에 앉자 기다렸다는 듯이 고슴도치가 벌떡 자리에서 일어났다. 나는 기뻐서 자신도 모르게 손뼉을 쳤다. 그러자 너구리를 비롯한 모든 사람들이 일제히 나를 쳐다봐서 조금 당황스러웠다. 고슴도치가 무슨 말을 하나 봤더니 "지금 교장 선생님을 비롯해서, 특히 교감 선생님은 고가 선생님의 전근을 매우 애석하게 생각하신다고 말씀하셨지만, 저는 그와 반대로 고가 선생님이 하루라도 빨리 이 땅에서 떠나시기를 바랍니다. 노베오카는 벽지로, 물질적인 면에서는 이곳보다 불편할 겁니다. 하지만 소문을 듣자하니, 풍습이 매우 소박한 곳으로 직원이며 학생 모두가 꾸밈없이 솔직하다고 합니다. 마음에도 없는 그럴듯한 말을 떠들어 대거나, 사람 좋은 척하며 군자를 곤경에 빠뜨리는 잘난 녀석은 단 한 사람도 없을 것이라 믿어 의심치 않습니다. 따라서 선생님 같이 온후하고 선한 선비라면 틀림없이 그 지방의 환영을 받을 겁니다. 저는 고가 선생님을 위해서 이 전근을 매우 축하드립니다. 마지막으로 선생님이 노베오카로 가시면 그 지방의 숙녀 중에서 군자의 배필이 될 만한 자격을 갖춘 사람을 골라 하루라도 빨리 원만한 가정을 꾸미셔서 부정하고 정조 없고 경박한 여자를 사실상 부끄러워서 죽을 만큼 만들어 주셨으면 합니다. 에헴, 에헴." 하고 두 번 정도 마른기침을 한 뒤에 자리에 앉았다.

나는 이번에도 박수를 치고 싶었지만 사람들이 전부 내 얼굴을 보는 게 싫어서 그만뒀다. 고슴도치가 자리에 앉자 이번에는 말라빠진 호박 선생이 일어났다. 선생은 정중하게도 자기 자리에서 말석으로 자리를 옮겨 모든 사람들에게 공손하게 인사하더니 "오늘밤에 일신상의 이유로 규슈로 가게 된 저를 위해 모든 선생님들께서 성대한 송별회를 열어 주셔서 진심으로 감사드립니다. 특히 조금 전에는 교장 선생님, 교감 선생님 및 다른 모든 분들이 송별의 말씀을 해 주셨는데 그 말씀 가슴 깊이 간직하겠습니다. 저는 지금부터 먼 곳으로 떠나지만 잊지 마시고 예전처럼 저를 성원해 주시기 바랍니다."라고 말하고 공손하게 자리로 돌아갔다. 말라빠진 호박은 대체 얼마나 사람이 좋은지 그 속내를 알 수가 없었다. 자신을 이처럼 무시하고 있는 교장이나 교감에게 공손하게 인사를 한다. 그게 형식적인 것이라면 몰라도 그의 모습이나 말투, 얼굴 표정을 보면 진심으로 감사하는 듯했다. 이런 성인군자에게 진심이 담긴 감사의 말을 들으면 미안하다는 생각이 들어서 얼굴을 붉힐 만도 한데 너구리나 빨강 셔츠는 진지한 얼굴로 들을 따름이었다.

인사가 끝나자 여기서 후루룩, 저기서 후루룩 하는 소리가 들렸다. 나도 흉내 내서 국물을 먹어 보았는데 맛이 없었다. 입맛을 돋우라고 어묵이 나왔지만 시커먼 것이 치쿠와*를 만들다 만 것 같다. 생선회도 있었는데 너무 두꺼워서 참치 살을 날로 뜯어 먹는 느낌이었다. 그런데도 옆에 있는 사람들은 맛있다는 듯이 덥석덥석 잘도 먹

---

* 竹輪. 생선살을 으깨 꼬챙이에 입혀 굽거나 찐 기다란 관 모양의 음식.

는다. 아마 도쿄 음식은 먹어 본 적도 없을 것이다.

그러는 사이, 술잔이 빈번하게 오가더니 갑자기 사방이 시끄러워졌다. 광대는 공손하게 교장 앞에 나서서 술잔을 받는다. 밉살맞은 녀석이다. 말라빠진 호박은 순서대로 술을 따르며 한 바퀴 돌 생각인 듯했다. 이래저래 고생이다. 말라빠진 호박이 내 앞으로 와서 "한 잔 받겠습니다."라고 하카마를 바로 잡으며 말해서, 나도 불편했지만 바지를 입은 채로 무릎을 꿇고 앉아 한 잔 따라 주었다. 내가 "이렇게 만나자마자 헤어져야 한다니 정말 안타깝습니다. 언제 떠나십니까? 꼭 항구까지 배웅을 나가겠습니다."라고 말했더니 말라빠진 호박은 "아닙니다. 바쁘실 텐데 그럴 필요 없습니다." 한다. 말라빠진 호박이 뭐라고 하든 나는 학교를 하루 쉬고 배웅할 생각이었다.

그리고 한 시간 정도 지나자 자리가 상당히 어지러워졌다. "자, 한 잔. 어허, 내가 마시라는데도……."라며 혀가 제대로 돌아가지 않는 사람들도 하나 둘, 나타나기 시작했다. 조금 심심해져서 변소에 갔다가 옛 모습이 남아 있는 정원을 별빛에 비춰 보고 있자니 고슴도치가 나왔다. "어때? 조금 전의 연설, 아주 잘했지?"라며 자랑스레 말한다. 내가 "동감이네만 한 군데는 마음에 들지 않았어."라고 불만을 토로했더니 "어디가 마음에 들지 않았나?"라고 묻는다.

"사람 좋은 척하며 군자를 곤경에 빠뜨리는 잘난 녀석은 단 한 사람도 없을 것이라 믿어 의심치 않기 때문에……라고 했지?"

"그랬지."

"잘난 녀석만으로는 부족하다네."

"그럼 뭐라고 해야 하지?"

"잘난 녀석에 사기꾼, 야바위꾼, 양의 탈을 쓴 놈, 싸구려 장사치, 쥐새끼, 앞잡이, 개 같은 놈이라고 해야지."

"나는 그렇게 말을 잘 못해. 자네는 말을 잘하는구먼. 단어를 많이 알고 있잖나. 그런데 연설을 못하다니, 거참 이상하군."

"아니, 이건 싸울 때 쓰려고 준비해 둔 말일세. 연설할 때는 이렇게 못해."

"그런가? 하지만 술술 잘도 나오는데. 어디 다시 한 번 해 보게."

"몇 번이든 해 주지. 좋아. 바보, 멍청이, 사기꾼, 야바위꾼……"

이렇게 막 시작했는데 마룻바닥을 쿵쿵 울리면서 두 사람이 비틀비틀 뛰쳐나왔다.

"자네들 너무 하는군, 도망치다니. 내가 있을 때는 도망칠 생각 말게. ……사기꾼? ……재밌군. 사기꾼, 재밌어. 자, 마시자고."

이렇게 말하며 고슴도치와 나를 힘껏 잡아당겼다. 원래 이 둘은 변소에 가려고 나왔다가 취한 탓에 변소에 가는 것도 잊고 우리 두 사람을 잡아끄는 것이리라. 술꾼들은 눈앞의 일에만 급급하고 그전의 일은 잊어버리는 모양이다.

"자, 여러분 사기꾼들을 데리고 왔습니다. 술을 주세요. 사기꾼들이 찍소리도 못할 때까지 먹입시다. 자네, 도망치면 안 되네."

이렇게 말하며 도망칠 생각도 없는 나를 벽 쪽으로 밀어붙였다.

주위를 둘러보니 상 위에 제대로 남아 있는 안주가 하나도 없었다. 자기 몫을 깨끗이 먹어 치우고 저 멀리 원정에 나선 녀석도 있었다. 교장은 언제 돌아갔는지 보이지 않았다.

그때 "어느 방이지?" 하는 소리가 들리더니 게이샤 서넛이 들어왔다. 나는 조금 놀랐지만 벽으로 떠밀려 있었으므로 가만히 바라보기만 했다. 그러자 그때까지 기둥에 기대서 예의 호박 파이프를 자랑스레 입에 물고 있던 빨강 셔츠가 갑자기 일어나더니 방 밖으로 나가려고 했다. 문에서 들어오던 게이샤 한 명이 스쳐 지날 때 웃으며 인사했다. 가장 젊고 예쁜 게이샤였다. 멀어서 잘 들리지는 않았지만 "어머, 안녕하세요."라고 말한 듯했다. 빨강 셔츠는 모르는 척하고 밖으로 나간 채 돌아오질 않았다. 아마 교장 뒤를 따라서 돌아갔으리라.

게이샤가 들어오자 방 안이 갑자기 활기를 띠면서 모든 사람들이 소리 높여서 환영이라도 하듯 시끄러워졌다. 어떤 녀석은 난코*를 하기도 한다. 그 목소리가 얼마나 크던지 마치 발검拔劍 연습을 하는 듯하다. 이쪽에서는 가위바위보를 한다. "가위, 바위, 보!" 열심히 두 손을 흔드는 모습을 보니 서양 극단의 꼭두색시 인형보다 훨씬 더 잘한다. 저쪽 구석에서는 "이봐 술 따라." 하며 술병을 흔들더니 "술 가져와, 술." 하고 외친다. 너무 시끄럽고 정신이 없어서 참을 수가 없다. 그 가운데서 할일 없이 아래를 바라본 채 생각에 잠겨

---

* 손에 바둑알이나 콩 등을 쥐고 몇 개인지 알아맞히는 놀이.

있는 사람은 말라빠진 호박뿐이었다. 전근을 간다니 아쉬운 마음에 송별회를 열어 준 것이 아니다. 모두 술 마시고 놀기 위해 연 것이다. 말라빠진 호박 홀로 할일 없이 괴로워하고 있지 않은가? 이런 송별회라면 안 하는 편이 낫다.

잠시 후에 하나씩 돌아가면서 굵은 목소리로 음정도 안 맞는 노래를 부르기 시작했다. 내 앞에 온 게이샤 한 명이 "선생님도 노래 한 곡 하세요." 하며 샤미센을 끌어안았다. "나는 안 불러. 네가 불러 봐."라고 했더니 "꽹과리, 북으로 길 잃은 산타로를, 쿵쿵쾅, 쿵따라라. 두드리며 돌아다녀 만날 수 있다면 나도 꽹과리, 북으로 쿵쿵쾅, 쿵따라라. 두드리며 돌아다녀 만나고 싶은 사람이 있다네." 하고 두 소절을 부르더니 "아, 힘들어라." 한다. 그렇게 힘들면 좀 더 쉬운 노래를 하면 될 텐데.

그러자 어느 틈엔가 옆으로 와 앉아 있던 광대가 만담가 말투로 "불쌍한 스즈 짱*, 임을 만났나 싶었는데 곧바로 돌아가 버려서 서운해하는 저 모습을 보시라." 한다. "무슨 소리예요?"라며 게이샤가 새침하게 대답한다. 광대는 곧장 "아, 우연히 만나기는 만났지만……." 하고 변함없이 이상한 소리로 기다유** 흉내를 낸다. "그만 해요."라며 게이샤가 손바닥으로 광대의 무릎을 치자 광대는 미친 듯이 기뻐

---

* 원래 이름은 고스즈小鈴. '~짱'은 일본에서 어린이나 여성의 이름을 친근하게 부를 때 붙이는 말이며 '스즈'는 '고스즈'의 애칭으로 보인다.
** 義太夫. 샤미센의 음곡에 맞추어서 옛 이야기를 읊는 일본 전통 예술의 하나.

하며 웃었다. 이 게이샤가 바로 빨강 셔츠에게 인사한 게이샤였다. 게이샤에게 맞고 웃다니, 광대도 참 속없는 녀석이다. "스즈 짱, 내가 기노쿠니를 출 테니 한 곡조 뜯어 줘."라고 말했다. 게이샤에게 맞고도 춤까지 출 모양이었다.

저쪽에서는 한문을 가르치는 노인네가 이 빠진 입을 우물거리며 "안 들려요. 덴베 씨, 당신과 나 사이에는……." 까지는 무사히 마쳤지만 "다음이 뭐였더라?"라며 게이샤에게 묻는다. 할아버지는 기억력이 좋지 않은 법이다. 다른 게이샤는 과학을 붙들고 앉아서 "얼마 전에 이런 걸 배웠어요. 부를까요? 잘 들어보세요. 안 보이네……. 꽃단장한 머리, 하얀 리본을 단 머리, 타고 있는 건 자전거, 타고 있는 건 바이올린, 서툰 영어로 줄줄줄, I am glad to see you." 하고 불렀더니 과학은 "아하, 재미있는데. 영어가 들어갔구먼."이라며 감탄한다.

고슴도치는 지붕이 날아갈 듯한 커다란 목소리로 "게이샤, 게이샤!" 부르더니 "내가 검무를 출 테니 샤미센을 뜯어 봐."라며 호령한다. 목소리가 너무 거칠어서 게이샤는 어안이 벙벙해서 대답도 못 했다. 그렇든지 말든지 고슴도치는 지팡이를 들고 와서 "답파천산만악연……."하며 한가운데서 홀로 재주를 펼쳐 보인다. 그러는 동안 광대는 이미 기노쿠니를 끝내고, 갓포레*를 마쳤으며, 선

---

* かっぽれ. 에도 말기에서 메이지 시대에 걸쳐서 유행한 우스운 춤을 동반한 통속적 노래를 말한다.

반 위의 오뚝이 하는 노래를 다 부르고, 아랫도리만 겨우 가린 벌거 숭이가 되어 종려나무 빗자루를 옆구리에 낀 채 "청일회담 결렬되어……"라며 방 안을 휩쓸고 다닌다.

나는 아까부터 괴로운 표정으로 하카마도 벗지 않고 앉아 있는 말라빠진 호박이 불쌍해서 참을 수가 없었다. 아무리 자기 송별회라고 해도 아랫도리만 겨우 가리고 추는 춤을 하오리까지 걸친 채 참고 볼 필요는 없다고 생각했다. 나는 곁으로 가서 "고가 선생님, 그만 돌아갑시다."라며 물러나자고 권했다. 하지만 말라빠진 호박은 "오늘은 제 송별회인데 제가 먼저 가는 건 예의가 아니지요. 신경 쓰지 마세요."라며 움직일 기미가 없다. 내가 "그런 거 신경 쓸 필요 없어요. 송별회면 송별회답게 해야죠. 저 꼴 좀 보세요. 이건 미친놈들 모임이라고요. 자, 그만 갑시다."라며 움직이지 않으려는 사람을 억지로 끌고 밖으로 나오려는데 광대가 빗자루를 흔들며 다가와서는 "주인공이 먼저 돌아가다니, 말도 안 돼. 청일회담이다. 꼼짝 마라." 하며 빗자루를 옆으로 뉘여 앞길을 막아섰다. 나는 아까부터 화가 나 있었기 때문에 "청일회담이라면 너는 되놈이냐?" 하고 느닷없이 주먹으로 광대의 머리를 쿵 내리쳤다. 광대는 2, 3초 정도 넋 빠진 표정으로 멍하니 서 있다가 "아이고, 어떻게 이럴 수가 있어? 주먹을 휘두르다니. 이 요시카와를 때리다니 어떻게 이럴 수가? 에잇, 진짜 청일회담이다." 하고 영문 모를 소릴 지껄였다.

그 사이에 뒤쪽에 있던 고슴도치가 무슨 소동이 일어난 줄 알고 검무를 그만두고 뛰쳐나왔다. 고슴도치는 이 모습을 보더니 갑자기 광대의 목덜미를 끌어안아 제 쪽으로 잡아당겼다. "청일……. 아야, 아파. 이건 폭력이다."라며 버둥거리는 녀석을 옆으로 비틀었더니 쿵하고 쓰러져 버렸다. 그 뒤로 어떻게 됐는지 모르겠다. 도중에 말라빠진 호박과 헤어져 집으로 돌아오니 11시가 넘었다.

10

　승전회*가 있는 날이라 학교 수업이 없었다. 연병장에서 식이 거행되므로 너구리는 학생들을 인도해서 참가해야 했다. 나도 직원으로서 같이 따라가야 했다. 시내로 나서자 온통 일장기로 가득해 어지러웠다. 학생이 800명이나 되었으므로 체육 교사가 줄을 맞춰 세운 다음 반과 반 사이에 조금씩 간격을 두게 했다. 그 사이에 직원을 한두 사람씩 감독으로 끼워 넣었다. 언뜻 아주 훌륭하고 교묘해 보였지만 실제로는 허술하기 짝이 없었다. 학생들은 아직 어릴 뿐만 아니라 시건방져서 규율을 어기지 않으면 학생의 체면이 구겨진다고 생각하는 녀석들이라 직원 몇몇이 따라가더라도 아무런 도움

---

* 일본이 러일전쟁에서 거둔 승리를 축하하는 모임.

이 안 된다. 시키지도 않았는데 제멋대로 군가를 부르기도 하고, 군가가 끝나면 와 하며 뜻 모를 함성을 올리기도 하는 것이 꼭 부랑자들이 거리를 휩쓸고 다니는 듯한 모습이었다. 군가도 부르지 않고, 함성도 올리지 않을 때는 웅성웅성 떠들어 댄다. 말하지 않아도 충분히 걸을 수 있을 텐데 일본 사람들은 입만 살아서 아무리 잔소리를 해도 듣질 않는다. 얘기도 그냥 얘기가 아니라 교사들 험담을 해 대니 참으로 비열하다.

숙직 사건으로 학생들에게 사과를 받아 낸 나는 '뭐, 이 정도면 됐겠지.'라고 생각했다. 하지만 실제로는 그렇지가 않았다. 하숙집 할머니의 말을 빌리자면 그건 그야말로 '말도 안 되는 소리'였다. 학생들이 사과한 것은 진심으로 뉘우쳐서 그런 것이 아니었다. 그저 교장의 명령에 따라 형식적으로 머리를 숙였을 뿐이었다. 장사치들이 머리만 숙이고 교활한 짓을 그만두지 않는 것처럼 학생들도 사죄만 하지 장난은 결코 멈추지 않는 법이다. 곰곰이 생각하면 세상은 전부 이 학생들 같은 사람들로 이루어져 있는지도 몰랐다. 남의 사죄나 사과를 진심으로 받아들이고 용서하는 것은 바보 같이 정직한 사람이나 하는 짓인가 보다. 사과도 거짓으로 하는 것이니 용서도 거짓으로 해 주면 된다고 생각하면 틀림없으리라. 만약 정말로 사과를 받아 낼 생각이라면 정말로 후회할 때까지 두들겨 패야 한다.

내가 반과 반 사이로 끼어들자 튀김메밀국수, 떡꼬치라는 말이 끊임없이 들린다. 여럿이 함께 모여 있는 탓에 누가 그런 소리를 했는지 모른다. 만약 알아낸다 하더라도 "선생님한테 튀김메밀국수라고 한 게 아닙니다. 떡꼬치라고 한 게 아닙니다. 선생님이 신경쇠약에 걸려서 그렇게 들리는 겁니다."라고 말할 게 뻔했다. 이런 비열한 근성은 봉건시대 때부터 길러진 이 땅의 습관일 테니 아무리 말해도, 아무리 가르쳐도 도저히 고치지 못할 것이다.

이런 곳에서 1년만 있으면 결백한 나도 저렇게 변해 버릴지 모른다. 상대가 빠져 나갈 구멍을 다 만들어 놓고 내 얼굴에 먹칠을 하는데 그것을 그냥 넘길 멍청이가 어디 있겠는가? 상대가 사람이라면 나도 사람이다. 학생이라고 해도, 어린아이들이라고 해도 덩치는 나보다 더 크다. 그러니 형벌로서 어떻게든 복수해야 한다. 하지만 복수할 때 어쭙잖은 방법으로 했다간 오히려 역습을 당할 가능성이 있다. "네 녀석들이 나쁘기 때문이다."라고 말하면 처음부터 도망 갈 구멍을 파 놓고 하는 짓이니 끝끝내 날 몰아세울 것이다. 그래 놓고 자기는 겉모습만 번지르르하게 꾸민 뒤 이쪽의 약점을 공격하겠지. 처음부터 복수에 나선 것이니 내가 변호하더라도 상대의 약점을 잡지 않으면 제대로 변호가 되지 않는다.

결국에는 상대가 먼저 시비를 걸었는데도 남들 눈에는 내가 먼저 싸움을 건 것처럼 보인다. 아주 불리하다. 그렇다고 상대편이 하는 대로 가만히 내버려 두면 상대방은 더 신이 나서, 좀 과장해서 말하자면 세상이 제대로 돌아가질 않는다. 그러니 하는 수 없이 나도 상대방이 쓰는 수법을 사용하여 꼬리가 잡히지 않게, 상대방이 손 쓸 수 없게 복수해야 한다. 그렇게 되면 도쿄 사람이라는 자부심이고 뭐고 다 쓸데없는 게 된다. 그렇지만 1년이나 이런 식으로 당한다면 나도 인간이니 되든 안 되든 그렇게 하지 않고서야 결판을 낼 수가 없다. 아무래도 빨리 도쿄로 돌아가서 기요와 함께 사는 게 가장 좋겠다. 이런 시골에 머물다니, 타락하러 온 것이나 다름이 없다. 신문 배달을 하는 한이 있어도 이렇게 타락하는 것보다는 낫겠다.

이런 생각을 하면서 마지못해 따라가고 있는데 갑자기 앞쪽에서 웅성거리는 소리가 들렸다. 그와 동시에 대열이 행진을 멈췄다. 무슨 일인가 하고 줄 오른쪽으로 나와서 앞쪽을 바라보니 오테마치를 앞에 두고 야쿠시마치로 돌아 들어가는 길목에서 대열이 멈춰선 채 밀고 당기며 실랑이를 벌이고 있다. 앞쪽에서 "조용히, 조용히." 하고 소리를 높이며 다가온 체육 교사에게 무슨 일이냐고 물었더니 갈림길에서 중학교와 사범학교가 충돌했단다.

중학교와 사범학교는 어딜 가나 개와 원숭이처럼 사이가 좋지 않다고 한다. 무슨 이유에선지 모르겠지만 기풍이 맞지 않는다. 무슨 일만 있으면 싸운다. 좁아터진 시골에서 할 일이 없으니 시간을 죽이려고 하는 짓이리라. 나는 싸움을 좋아하는 편이라 '충돌'이라는 말을 듣고 재미 삼아서 앞쪽으로 가 봤다. 그러자 앞쪽에 있는 녀석들이 "뭐야, 세금으로 학교를 다니는 주제에. 물러나라."라고 외쳐댄다. 뒤쪽에서는 "밀어붙여, 밀어붙여."라는 커다란 목소리가 들려왔다. 앞을 가로막고 있는 학생들을 헤집고 조금 더 앞으로 나가려고 하는 순간 "앞으로!" 하는 높고 날카로운 목소리가 들리더니 사범학교 쪽이 엄숙하게 행진을 시작했다. 서로 앞서겠다고 다투던 충돌은 결판이 난 듯한데, 결국 중학교가 한발 양보하기로 한 것이다. 자격으로 보더라도 사범학교가 위라고 한다.

승전식은 매우 간단했다. 여단장이 축사를 낭독하고 지사가 축사를 낭독했다. 참가자들이 만세를 외쳤다. 그것으로 끝이었다. 연회는 오후부터 열린다고 해서 일단 하숙으로 돌아와 전부터 쓰려고 마음먹었던, 기요에게 보낼 답장을 쓰기 시작했다. 이번에는 좀 더 자세하게 써 달라고 했으니 되도록 정성 들여서 써야 한다. 그런데 막상 편지지를 꺼냈더니 쓰고 싶은 말은 많은데 뭣부터 써야 할지 모르겠다.

'이것부터 시작할까? 이건 귀찮아. 저것으로 할까? 저건 재미없어. 뭔가 술술 써 내려갈 수 있고, 힘도 안 들고, 기요가 재미있어할 만한 얘기가 없을까?'

생각해 보니 이 모든 것은 만족시키는 사건은 없는 듯했다. 나는 먹을 갈고, 붓을 적시고, 편지지를 노려보고……, 편지지를 노려보고, 붓을 적시고, 먹을 갈고……. 같은 동작을 몇 번이나 반복하다가 결국 "나는 편지를 쓸 팔자가 아닌가 보다." 하며 포기하고 벼루 뚜껑을 덮어 버렸다. 편지 쓰기는 귀찮다. 역시 도쿄까지 가서 직접 얼굴을 보면서 얘기하는 게 더 쉽다. 기요가 걱정한다는 사실을 모르는 바는 아니었지만 기요가 말한 대로 편지 쓰는 것은 삼칠일 동안

단식하는 것보다 더 괴롭다.

　나는 붓과 편지지를 내던지고 벌렁 누워서 팔베개를 한 채 정원 쪽을 바라봤지만 그래도 기요가 마음에 걸렸다. 그래서 나는 이렇게 생각했다. '이렇게 멀리 떨어져 있어도 기요를 걱정하는 마음만 있다면 내 진심은 틀림없이 기요에게 전달될 거야. 전달되기만 하면 편지 따위는 안 써도 돼. 아무 소식도 없으면 무사히 잘 살고 있다고 생각하겠지. 편지는 죽었을 때나 병에 걸렸을 때, 무슨 일이 일어났을 때만 보내면 돼.'

　열 평 남짓한 평평한 정원에는 딱히 나무도 없었다. 다만 귤나무 한 그루가 있었는데 담장 밖에서도 알아볼 만큼 컸다. 나는 집에 돌아오면 언제나 이 귤나무를 바라본다. 도쿄에서 벗어난 적이 없는 사람에게 귤이 매달려 있는 풍경은 매우 진기했다. 저 파란 열매가 점점 익어서 노랗게 변해 갈 텐데 분명히 아름다울 것이다. 벌써 색이 반쯤 노랗게 변한 것들도 있다. 할머니에게 물어보니 수분이 아주 많고 굉장히 맛있는 귤이라고 한다. 곧 익을 테니 마음껏 먹으라고 했으니까 매일 조금씩 먹어야겠다. 앞으로 3주일만 더 지나면 충분히 먹을 만해지리라. 설마 3주 안에 이곳을 떠나는 일은 없겠지.

　내가 귤 생각을 하는데 갑자기 고슴도치가 할 말이 있다며 찾아왔다. "오늘은 승전을 축하하는 날이라 자네와 함께 먹으려고 소고기를 사 왔네."라며 대나무 잎으로 싼 것을 소매에서 끄집어내 방석 가운데로 던졌다. 나는 하숙집에서 고구마와 두부 공세에 시달리고 있을 뿐만 아니라 메밀국수집, 떡꼬치집 출입을 금지당하는 형편이라 이게 웬 떡이냐 싶어서 바로 할머니에게 냄비와 설탕을 빌려다 삶기 시작했다.

고슴도치는 볼이 터져라 소고기를 입에 넣으면서 "자네, 빨강 셔츠가 게이샤와 친하게 지낸다는 사실을 알고 있는가?"라고 물었다. 그래서 "알고 있지. 요전에 말라빠진 호박 송별회에 들어왔던 게이샤 중 한 명이지?" 하고 말했더니 "맞아. 나는 얼마 전에 간신히 눈치 챘는데 자네 꽤 민첩하구먼."이라면서 칭찬을 했다.

"그 녀석, 말로는 품성이 어쩌네 정신적 오락이 저쩌네 하면서 뒷구멍으로는 게이샤와 관계를 맺는 못된 놈이야. 게다가 다른 사람이 노는 것을 눈감아 주면 몰라도, 자네가 메밀국수집이며 떡꼬치집에 들어가는 것까지 학생 감독에 좋지 않다며 교장의 입을 빌어서 주의 주지 않았나?"

"맞아. 그 녀석 말대로 하자면 게이샤와 놀아나는 것은 정신적 오락이고, 메밀국수나 떡꼬치는 물질적 오락이지. 정신적 오락이라면 좀 더 떳떳하게 할 일이지, 뭐야, 그 꼬락서니는. 친하게 지내는 게이샤가 들어오자마자 바로 자리에서 일어나 도망 치고. 늘 그렇게 사람을 속일 생각만 하고 있으니 마음에 안 든단 말이야. 그래 놓고 누가 공격할라치면 나는 모른다는 둥 러시아 문학이 어떻다는 둥 하이쿠가 신체시의 형제라는 둥 그 따위 말을 지껄여서 사람을 혼란스럽게 해. 그렇게 나약한 녀석은 사내가 아니야. 시녀가 환생한

걸 거야. 어쩌면 그 녀석 아버지는 유시마의 남창男娼일지도 몰라."

"유시마의 남창? 그건 또 뭔가?"

"어쨌든 남자답지 못하다는 소리야. 이봐, 그건 아직 안 익었어. 그런 걸 먹으면 기생충이 생긴다고."

"그래? 뭐, 괜찮겠지. 아무튼 빨강 셔츠는 사람들 눈을 피해 온천 마을에 있는 가도야로 가서 게이샤를 만난다고 하네."

"가도야라면, 그 여관을 말하는 건가?"

"여관 겸 요릿집이지. 그러니까 그 녀석을 혼내주는 가장 좋은 방법은 그 녀석이 게이샤를 데리고 거기로 들어가기를 기다렸다가 면박을 주는 거야."

"기다리다니, 불침번이라도 설 건가?"

"그래야지. 가도야 앞에 마스야라는 여관이 있지? 거기 2층을 빌려서 창호지에 구멍을 뚫어 놓고 지켜볼 거야."

"지켜보고 있으면 올까?"

"오겠지. 어차피 하룻밤 가지고는 안 될 거야. 2주일 정도는 하겠다고 각오해야지."

"아주 피곤할 텐데. 아버지가 돌아가실 때 일주일 정도 간병하면서 밤을 새운 적이 있었는데 나중에는 머리가 멍하고 힘이 빠지더라고."

"몸이 조금 피곤해도 참아야지. 그런 간사한 녀석을 그대로 내버려 두면 우리나라에도 좋지 않으니 내가 하늘을 대신해서 심판할 걸세."

"재밌겠군. 그렇게 하기로 결정되면 나도 합세하겠네. 그래, 오늘 밤부터 불침번을 설 건가?"

"아직 마스야에 얘기를 못해서 오늘은 안 돼."

"그럼 언제부터 시작할 생각인가?"

"바로 시작할 걸세. 아무튼 자네에게도 알려줄 테니 그때가 되면 거들게."

"알겠네. 언제라도 거들지. 내가 꾀는 없어도 싸울 때는 제법 잽싼 편이니까."

나와 고슴도치가 빨강 셔츠 퇴치 작전을 짜고 있는데 하숙집 할머니가 와서 "핵교 학상 하나가 홋타 선상님을 뵙겠다고 찾아왔는디유. 좀 전에 선상님 댁에 갔는디 안 계셔서 혹시 여기 기신가 허구 찾으러 왔디유."라며 문지방에 무릎을 짚고 고슴도치의 답을 기다린다. 고슴도치는 "그래요?"라며 현관까지 나갔다가 바로 돌아왔다. 그런데 고슴도치는 "이보게, 학생이 승전식 연회를 보러 가자고 왔다네. 오늘은 고치 지역에서 춤추러 일부러 여기까지 많이들 왔다고 하니 보러 가세. 좀처럼 볼 수 없는 춤이라니 자네도 함께 가자고."라며 매우 기대하는 눈치로 내게 동행하자고 권했다. 춤이라면 도쿄에서 신물이 나도록 봤다. 매해 하치만 신을 위한 축제 때가 되면 신주神主를 모신 가마가 시내를 돌았기 때문에 시오쿠미*든

---

* 汐くみ. 원래 소금을 만들기 위해 바닷물을 퍼 올리는 것을 말하는데 여기서는 그 모습을 바탕으로 한 춤을 가리킨다.

뭐든 다 잘 안다. 도사* 지방의 어쭙잖은 춤은 보고 싶지도 않았지만 고슴도치가 권했기 때문에 한번 가 보자는 생각이 들어 결국 문을 나서고 말았다. 고슴도치를 부르러 온 것은 다름 아닌 빨강 셔츠의 동생이었다. 참으로 묘했다.

회장으로 들어서니 무슨 에코인의 스모 대회나 오에시키**처럼 긴 깃발을 몇 줄로 군데군데 심어 놓았고, 세계 만국의 국기를 전부 빌려 왔나 싶을 정도로 줄에서 줄, 새끼에서 새끼로 걸어 놓아 커다란 하늘이 전에 없이 화려해 보였다. 동쪽 한 구석에 밤새워 만든 무대가 있는데 거기서 그 고치의 무슨 춤을 춘다고 한다. 무대에서 오른쪽으로 50미터 정도 떨어진 곳에 갈대로 만든 발을 쳐 두고 꽃꽂이를 전시했다. 모두들 감탄하는 눈빛으로 바라보지만 정말 시시하기 짝이 없다. 저렇게 풀이나 대나무를 구부려 놓고 기뻐하느니 차라리 곱사등이 정부情夫나 절름발이 남편을 자랑하는 편이 나을 게다.

무대 반대편에서는 끊임없이 불꽃이 터졌다. 불꽃 속에서 풍선이 나왔다. '제국 만세'라고 적혀 있었다. 천주각天主閣의 소나무 위로 두둥실 떠오르더니 병영 안으로 떨어졌다. 다음에는 펑 소리와 함께 검은 공이 휙 하고 가을 하늘을 꿰뚫듯 오르더니 내 머리 위에서 쩍 벌어지며 푸른 연기가 우산 뼈대처럼 벌어져 둥실둥실 하늘 위로 흘러갔다. 다시 풍선이 올랐다. 이번에는 붉은 천에 '육해군 만

---

* 土佐. 시코쿠 남쪽에 있는 고치 지역의 옛날 이름.
** 御会式. 일본 불교 종파인 니치렌슈日蓮宗의 법회를 가리킨다.

세'라고 하얗게 염색한 것이 풍선에 매달려서 온천 마을에서 아이 오이무라 쪽으로 날아갔다. 아마 관음보살님이 있는 경내에 떨어졌을 것이다.

식이 거행될 때는 그렇게 많지 않았는데 지금은 사람들이 잔뜩 나와 있었다. 시골에도 이렇게 많은 사람들이 살고 있었나 싶을 만큼 바글거렸다. 똘똘해 보이는 얼굴은 별로 찾아볼 수 없지만 수만 놓고 보자면 무시할 수가 없다. 얼마 지나지 않아서 그 유명하다는 고치의 무슨 춤이 시작되었다. 춤이라고 해서 후지마나 그런 부류의 춤일 것이라고 지레짐작했는데 커다란 착각이었다.

엄숙하게 머리띠를 뒤로 두르고, 무릎을 끈으로 묶은 하카마를 입은 사내들이 10명 정도씩 무대 위에 3열로 늘어서 있고 그 30명이 하나하나 칼집에서 뽑은 칼을 늘어뜨리고 있으니 간담이 서늘해졌다. 앞뒤 열의 간격은 겨우 1척 5촌 정도일 것이다. 좌우의 간격은 그보다 짧았으면 짧았지 길지는 않았다. 딱 한 명만 줄에서 떨어져 무대 끝에 서 있을 뿐이었다. 무리에서 떨어져 있는 사내는, 하카마를 입기는 했지만 머리띠는 두르지 않았으며 칼 대신 가슴에 큰 북을 걸었다. 북은 다이카구라* 때 쓰는 북과 같은 것이었다. 이 사내가 드디어 "이야아, 하아아."라고 천천히 소리를 낸 뒤, 묘한 노래를 부르며 북을 덩더꿍 덩더꿍 두드리기 시작했다. 노래의 가락은

---

* 太神樂. 사자춤이나 접시돌리기 등을 펼치는 곡예의 일종.

들어본 적 없는 기묘한 것이었다. 미카와만자이*와 후다라쿠**를 합쳤다고 생각하면 틀림없을 것이다.

노래는 아주 느려서 여름철 물엿처럼 축축 늘어졌지만, 단락을 끊으려고 덩더꿍 덩더꿍 하는 소리를 넣어서 한없이 늘어지는 듯해도 박자는 맞출 수 있었다. 이 박자에 맞춰서 30명이 든 칼날이 번쩍번쩍 빛을 발했는데 솜씨가 매우 날렵해서 보고만 있어도 식은땀이 났다. 옆에도 뒤에도 1척 5촌 이내에 살아 있는 사람이 날 선 칼을 자신과 같은 동작으로 휘두르고 있으니 완벽하게 동작이 일치하지 않으면 동료를 베어 상처를 입힌다. 그것도 움직이지 않고 칼날만 앞뒤로, 상하로 휘두르는 것이라면 그나마 덜 위험하겠지만 30명이 한꺼번에 버티고 섰다가 옆을 향거나, 빙글 돌거나, 무릎을 굽히기도 했다. 옆에 있는 사람이 1초라도 빠르거나 느리면 자기 코가 잘려 나갈지도 모른다. 옆 사람의 머리를 벨지도 모른다. 칼을 자유롭게 놀리기는 해도 움직일 수 있는 범위가 사방 1척 5촌 거리에 있는 기둥 안으로 한정되어 있으니 전후좌우에 있는 사람과 같은 방향을 향해서 같은 속도로 휘둘러야만 한다. 놀라웠다. 시오쿠미나 세키노토*** 따위에 비할 바가 아니다. 들어보니 상당한 숙련이

---

* 三河万歳. 신년에 에보시라는 모자를 쓰고 집집마다 돌아다니며 축하의 말을 해주고 작은 장구를 치며 춤추는 사람의 노래.
** 普陀落. 각지의 절을 돌아다니며 그 부처를 칭송하는 노래를 부르는 고이이카 속의 가사.
*** 關の戸. 가부키의 무용 중 하나를 말한다.

필요한 것으로, 쉽사리 저렇게 일사불란하게 움직일 수는 없다고 한다. 특히 어려운 것은 저 박자를 맞추는 덩더꿍 선생이라고 한다. 30명은 덩더꿍 선생의 박자에 맞춰서 발과 손을 움직이고, 허리를 접었다 폈다 한단다. 겉보기에는 이 사람이 가장 한가롭게 "이야아, 하아아." 하며 편안하게 노래를 부르지만, 사실은 책임이 막중하고 아주 힘든 일이라니 참으로 희한한 노릇이다.

고슴도치와 내가 넋을 놓고 이 춤을 보고 있는데 50미터 정도 떨어진 곳에서 갑자기 "앗!" 하는 함성 소리가 들리더니, 지금까지 조용히 춤을 지켜보던 무리들이 물결치듯 좌우로 움직이기 시작했다. "싸움이다. 싸움이 났다!"라는 소리가 들렸고, 인파를 헤치고 온 빨강 셔츠의 동생이 "선생님, 또 싸움이에요. 중학교 쪽에서 오늘 아침에 있었던 일을 복수하겠다고 다시 사범학교 녀석들이랑 결판을 내고 있어요. 빨리 와 보세요."라고 말하며 다시 인파 속으로 들어가 어디론가 사라져 버렸다.

고슴도치는 "정말 귀찮은 녀석들이군. 또 시작이야? 작작 좀 하지." 라고 말하며 도망치는 사람들 틈을 비집고 단숨에 달려갔다. 그냥 두고 볼 수 없어 말릴 생각인 듯했다. 물론 나도 도망갈 생각은 없다. 고슴도치의 뒤를 따라서 곧바로 싸움 현장으로 뛰어들었다. 갔더니만 싸움이 한창이었다. 사범학교 학생은 50, 60명쯤 될까. 중학교 학생은 그보다 거의 3할쯤 더 많았다. 사범학교 학생들은 교복을 입고 있었지만 중학교 학생들은 식이 끝나고 나서 대부분 기모노로

갈아입었기 때문에 쉽게 적과 우리 편을 구분할 수 있었다. 하지만 이리저리 어지럽게 뒤엉켜 싸우고 있어서 어디서부터 싸움을 뜯어 말려야 할지 알 수가 없었다. 고슴도치는 난처한 표정으로 한동안 이 난장판을 바라보다가 나를 향해 "이렇게 된 이상 어쩔 수 없다. 경찰이 오면 골치 아파. 뛰어들어서 말리자." 하고 말했다. 나는 대답도 하지 않고 가장 격렬하게 싸우는 곳으로 곧장 뛰어들었다.

"그만둬. 그만두라니까. 이렇게 폭력을 쓰면 학교 위신이 뭐가 되겠어? 그만두라니까!"라고 되는 대로 소리 지르며 적과 아군 사이에 경계선 같은 곳을 가로지르려 했지만 생각대로 되질 않았다. 한두 간 정도 엉겨 싸우고 있는 곳 안쪽으로 들어섰더니 앞으로 나아갈 수도 물러설 수도 없었다. 눈앞에서 비교적 덩치가 큰 사범학교 학생이 열대여섯 명 정도 되는 중학교 학생들과 엉겨 붙어 있다. "그만두라면 그만둬."라며 사범학교 학생의 어깨를 붙들어 억지로 떼어 내려고 하는 순간, 누군가가 밑에서 내 발을 낚아챘다. 불의의 일격을 받은 나는 잡고 있던 어깨를 놓고 옆으로 쓰러졌다. 어떤 녀석이 딱딱한 구둣발로 내 등판에 올라탔다. 두 팔과 무릎으로 땅을 짚고 아래에서 몸을 튕기듯 일어났더니 녀석은 오른쪽으로 나가떨어졌다. 일어나 보니 세 간 정도 떨어진 곳에서 "그만둬. 그만두라니까. 싸움은 그만두란 말이야."라고 말하는 고슴도치의 커다란 몸이 학생들에 둘러싸인 채 엎치락뒤치락하는 모습이 보였다. "이봐, 도저히 안 되겠는데."라고 말해 보았지만 들리지 않는지 대답도 없었다.

그때 갑자기 획, 바람을 가르며 날아온 돌이 내 뺨에 맞았나 싶더니 이번에는 어떤 놈이 뒤쪽에서 몽둥이로 등을 내리쳤다. "선생 주제에 싸움에 끼어들다니. 패라, 패!"라는 목소리가 들렸다. "선생은 둘이다. 큰 놈이랑 작은 놈이야. 돌을 던져!"라는 소리도 들려왔다. 나는 "그런 건방진 소리를 잘도 지껄이는구나. 촌놈 주제에!"라며 옆에 있던 사범학교 학생의 머리를 힘껏 내리쳤다. 다시 돌이 바람을 가르며 날아왔다. 이번에는 내 짧은 머리카락을 스치고 뒤쪽으로 날아갔다. 고슴도치는 어떻게 됐는지 보이지도 않는다. 이렇게 된 이상 어쩔 수 없다. 처음에는 싸움을 말리려고 뛰어들었지만, 두들겨 맞거나 돌에 맞았다고 해서 그대로 겁먹고 물러설 빙충이가 어디 있겠는가? "날 뭐로 보는 거야? 몸집은 작아도 싸움판에서 수행을 쌓은 형님이시다."라며 마구 두들겨 패기도 하고 맞기도 했다. 잠시 후, "경찰이다. 경찰이다. 튀어라, 튀어."라는 소리가 들렸다. 지금까지 쿠즈네리*에서 허둥대는 것처럼 몸을 움직일 수 없었는데 갑자기 몸이 자유로워진다 싶더니 이쪽이고 저쪽이고 단번에 모두 사라져 버렸다. 촌놈들이라도 도망가는 솜씨는 여간 훌륭하지가 않다. 쿠로팟킨**보다도 훨씬 더 뛰어나다.

---

* 葛練り. 칡가루, 즉 갈분을 물에 개어 설탕을 넣고 끓여 굳힌 것을 말한다.
** Aleksey Nikolaevich Kuropatkin(1848~1926). 러시아의 장군으로, 러일전쟁 때 러시아 군의 총사령관이었다.

고슴도치는 어떻게 하고 있나 봤더니 무늬가 들어간 하오리가 너덜너덜 찢긴 채 건너편에서 코를 문지르고 있다. 콧등을 맞아서 피가 아주 많이 났다고 한다. 코가 벌겋게 부어올라 보기에도 민망하다. 내 옷도 흙투성이가 되었지만 고슴도치의 하오리만큼 손해를 보지는 않았다. 하지만 뺨이 찌릿찌릿해서 참기 힘들었다. 고슴도치가 "피가 많이 나는데."라며 알려주었다.

경찰은 열대여섯 명 정도가 왔는데 학생들은 전부 반대편으로 도망 갔기 때문에 나와 고슴도치만 붙잡혔다. 우리가 이름을 대고 사건의 자초지종을 설명했더니 어쨌든 경찰서까지 가자고 하기에 경찰서로 가서 서장에게 사건의 전말을 얘기하고 하숙으로 돌아왔다.

11

　다음날 눈을 떠 보니 삭신이 쑤셔서 견딜 수가 없었다. 한동안 싸
움을 하지 않았으니 이렇게 욱신거리는 것이리라. 이래서는 어디
가서 자랑도 못 하겠다고 이불 속에서 생각하던 참에 할머니가 〈시
코쿠 신문〉을 가져다 내 머리맡에 놓아 주었다. 사실은 신문 보기
도 힘들었지만 사내가 이 정도 가지고 끙끙 앓아서야 되겠나 싶어
서 억지로 엎드려 누운 채로 두 번째 페이지를 펼쳤다가 깜짝 놀라
고 말았다. 어제의 싸움이 떡 하니 실려 있다. 싸움 기사가 실린 것
은 놀랄 일도 아니었지만 '중학교 교사인 홋타 모 씨와 최근 도쿄에
서 부임한 건방진 모 씨가 순진한 학생들을 부추겨 이 소동을 일으
켰을 뿐만 아니라, 두 사람은 현장에서 학생들을 지휘했으며 사범

학교 학생들에게 마음껏 폭력을 휘둘렀다.'고 적혀 있다. 그 아래에
는 다음과 같은 의견이 붙어 있었다.

　이곳의 중학교는 예전부터 선량하고 온순한 기풍을 가지고
있어서 전국의 선망을 받고 있었다. 그런데 경박한 두 풋내기들
때문에 우리 학교의 특권이 훼손되었고, 시 전체에 오점을 남긴
이상 우리는 분연히 일어나 그 책임을 묻지 않을 수 없다. 우리
는 믿어 의심치 않는다. 우리가 손을 쓰기 전에 당국자가 이 무
뢰한들에게 적절한 처분을 가하여 그들이 다시는 교육계에 발을
들여 놓지 못하게 하리라는 사실을.

　그리고 한 글자 한 글자마다 위에 검은 점을 찍어 놓아 따끔한 맛
을 보여 주겠다는 뜻을 내비쳤다. 나는 이불 속에서 "엿이나 먹어라!"
라고 외치곤 벌떡 일어섰다. 신기하게도 지금까지 온몸 마디마디가
굉장히 쑤셨는데 일어선 순간에 씻은 듯이 가벼워졌다.
　나는 신문을 구겨서 정원으로 집어던졌지만 그래도 성이 풀리지
않아서 일부러 변소로 가져가 버리고 왔다. 신문은 말도 안 되는 거
짓말을 해 대는 녀석이다. 이 세상에서 신문처럼 허풍을 떠는 것도
없으리라. 내가 해야 할 말을 전부 자기들이 늘어놓고 있다. 게다가
'최근 도쿄에서 부임한 건방진 모 씨'는 또 뭐란 말인가? 천하에 '모'
라는 이름을 가진 사람도 있나? 생각해 보라. 이래봬도 확실한 성이

있고 이름이 있다. 족보를 보고 싶다면 다다노 만주 이후의 조상들을 한 명도 빠짐없이 보여 주겠다. 세수를 하니 갑자기 뺨이 아팠다. 할머니에게 거울을 빌려 달라고 했더니 "오늘 신문 봤어유?" 하고 묻는다. 읽고 나서 변소에 처박았는데 필요하면 가서 건지라고 했더니 놀라면서 물러났다. 거울로 얼굴을 비춰 보니 어제와 마찬가지로 상처가 나 있다. 그래도 소중한 얼굴이다. 얼굴에 상처가 난 데다 '건방진 모 씨'라는 말까지 들어야 한다니 참을 수가 없다.

오늘 신문 때문에 겁을 먹고 학교를 쉬었다는 말을 듣는다면 그건 평생 씻을 수 없는 오점이 될 것이다. 그래서 밥을 먹고 제일 먼저 학교로 나갔다. 들어오는 사람마다 내 얼굴을 보고 웃는다. 뭐가 우습단 말인가? 자기들이 만들어 놓은 얼굴도 아니면서. 곧 광대가 출근해서 "이야, 어제는 고생 많으셨던데……. 영광의 상처입니까?" 라며 송별회 때 얻어맞은 복수를 할 생각인지 비꼬듯이 놀려 대기에 "쓸데없는 소리하지 말고 붓이나 핥아."라고 쏘아붙였다. 그러자 "어이구 죄송합니다. 그래도 굉장히 아프실 텐데."라기에 "아프든지 말든지 내 얼굴이다. 네가 신경 쓸 일이 아니야." 하고 소리 질렀더니 건너편에 있는 자기 자리로 돌아가서는 또 내 얼굴을 보며 옆에 앉은 역사 교사와 뭔가 소곤거리며 웃는다.

잠시 후, 고슴도치가 나타났다. 고슴도치의 코는 자줏빛으로 부어올라 콧구멍을 파면 안에서 고름이 나올 것 같았다. 자랑은 아니지만 내 얼굴보다 훨씬 더 심하게 망가졌다. 나와 고슴도치는 책상을 나란히 붙여 놓고 서로 옆자리에 앉는 사이인 데다가 그 책상이 입구 바로 정면에 있으니 정말 운이 없다. 묘한 얼굴 두 개가 모여 있다. 다른 녀석들은 좀 심심해지면 꼭 우리들이 있는 쪽을 바라보 았다. 입으로는 "어떻게 그런 일이."라고 말했지만 속으로는 틀림없 이 멍청한 녀석이라고 생각할 것이다. 그렇지 않고서야 저렇게 서 로 속닥거리며 낄낄대고 웃을 리가 없다. 교실로 들어서자 학생들 은 박수를 치며 나를 맞이했다. "선생님, 만세!"라고 말하는 녀석이 두세 명 있었다. 정말로 반기는 건지 놀리는 건지 알 수가 없었다.

고슴도치와 내가 이렇게 관심의 대상이 되어 있는데 빨강 셔츠는 평소와 다름없는 모습으로 와서 "정말 생각지도 못했던 재난이었습 니다. 두 선생님들에게 미안해서 참을 수가 없어요. 신문 기사라면, 교장 선생님과 함께 얘기해서 잘못을 정정하도록 손을 썼으니 걱정 마세요. 우리 동생이 홋타 선생님을 모시러 가서 이런 일이 벌어졌 으니 정말 죄송하게 생각합니다. 그래서 이 사건을 해결하는 데 최 선을 다하려고 하니 너무 나쁘게 생각하지 마세요."라며 거의 사죄 하는 말을 늘어놓았다.

교장은 세 번째 시간이 돼서야 교장실에서 나와 "신문에서 기사 를 안 좋게 썼어요. 일이 더 복잡해지지 말아야 할 텐데."라며 조금 걱정스러워하는 표정을 지었다. 나는 걱정하지 않았다. 만약 나를 자를 생각이라면 잘리기 전에 내가 먼저 사표를 쓰고 나오면 그만 이다. 하지만 내가 잘못한 것도 없는데 내가 먼저 몸을 뺀다면 허풍쟁이 신문을 더욱 기세등등하게 만드는 꼴이니 기사의 잘못을 바로 잡게 하고 나는 끝까지 학교에 남아 있어야 마땅하다고 생각했다. 집에 돌아가는 길에 신문사에 들러서 담판을 지을까도 생각해 봤지만 학교에서 취소하라는 수속은 밟았다고 하여 그만뒀다.

나와 고슴도치는 우선 적당한 시간을 가늠해서 교장과 교감에게 사건의 진상을 설명했다. 교장과 교감은 "그렇겠지. 신문이 우리 학교에 원한을 품고 일부러 그런 기사를 실었겠지."라고 결론 내렸다. 빨강 셔츠는 교무실에 있는 사람들에게 일일이 우리의 행동을 해명하며 돌아다녔다. 특히 자신의 동생이 고슴도치를 불러 낸 것이 마치 자기 과실이라도 되는 양 강조했다. 모든 사람들이 "신문 그거 완전히 허풍이구면. 괘씸한 것들. 두 분에게는 정말 안됐네요."라고 말했다.

돌아가는 길에 고슴도치가 "이봐, 빨강 셔츠가 좀 수상해. 정신차리지 않으면 당하겠어." 하고 주의를 주었다. 내가 "원래 수상한 녀석이잖아. 오늘이라고 더 수상할 건 없잖아?"라고 말하자 "자네 아직도 모르겠나? 어제 일부러 우리들을 불러내서 싸움에 말려들게 한 건 계책이었다고."라며 가르쳐 줬다. 그렇군. 나도 거기까지는 생각하지 못했다. 고슴도치는 거칠어 보여도 나보다 지혜로운 사람이라고 감탄했다.

"그렇게 싸우게 만들고는 곧장 신문사에 손을 써서 그런 기사를 쓰게 한 거야. 정말 간사한 놈이지."

"신문까지 빨강 셔츠였군. 정말 대단해. 하지만 신문사에서 그렇게 쉽게 빨강 셔츠의 말을 들어줬을까?"

"들어주고말고. 신문사에 친구가 있으면 더욱 식은 죽 먹기지."

"친구가 있나?"

"없다고 해도 어려운 일은 아니야. 거짓말을 하면서 사실은 여차저차 됐다고 얘기하면 바로 쓰니까."

"정말 지독한 녀석이군. 정말 빨강 셔츠의 술책이라면 우리는 이번 사건으로 면직당할지도 모르겠어."

"자칫하다가는 그럴지도 모르지."

"그렇다면 나는 내일 당장 사표를 내고 바로 도쿄로 돌아가겠네. 이런 변변찮은 곳에는 남아 달라고 해도 싫어."

"자네가 사표를 내더라도 빨강 셔츠는 눈 하나 깜빡하지 않을걸."

"그도 그렇군. 어떻게 해야 골탕을 먹일 수 있을까?"

"그런 간사한 놈들은 무슨 일이든 증거가 남지 않도록 조심하니까 방법을 찾기가 쉽지 않아."

"거 참, 복잡하군. 그럼 누명을 쓸 수밖에 없겠네. 우습지도 않아. 착하게 살면 복을 받고 나쁘게 살면 화를 받는다는데 하늘은 대체 뭐 하는 거야?"

"2, 3일 정도 동태를 살피세. 그리고 때가 되면 온천 마을에서 녀석을 덮치는 수밖에 없어."

"이번 사건은 이번 사건이란 말이지?"

"그렇지. 우리는 우리 나름대로 녀석의 급소를 찌르는 거야."

"그것도 좋은 방법이군. 나는 계책을 세우는 데 서투르니 모든 일을 자네에게 맡기겠네. 필요할 때는 무슨 일이든 하겠네."

나와 고슴도치는 이렇게 헤어졌다. 만약 고슴도치가 생각한 대로 빨강 셔츠가 한 일이라면 정말 대단한 녀석이다. 머리로는 도저히 이길 수 없는 녀석이다. 완력을 행사할 수밖에 없다. 그렇다. 세상에는 전쟁이 끊이지 않는다. 개인적인 일에서도 결국은 폭력이 등장한다.

다음날, 신문이 오기를 기다렸다가 펼쳐 보니 정정은커녕 취소한다는 말도 없었다. 학교로 가서 너구리에게 재촉하자 "내일쯤 실어 주겠죠."라고 대꾸한다. 그 다음날이 되어서야 6호 활자로 조그맣게 취소 기사가 실렸다. 하지만 신문사의 정정 기사는 실리지 않았다. 다시 교장에게 말하자 그렇게 처리할 수밖에 없었다고 한다. 교장이란 너구리 같은 얼굴을 하고 아주 엄숙한 척하지만 의외로 힘이 없는 사람이다. 허위 기사를 쓴 시골 신문사의 사과 하나 받아 내지 못한다. 너무 화가 나서 "그럼 제가 혼자 가서 주필과 담판을 짓겠습니다."라고 했더니 "선생님이 담판을 지으러 가면 또 좋지 않은 기사가 실릴 거예요. 즉, 신문에 실린 기사는 그게 거짓이든 진실이든 어쩔 수 없습니다. 그냥 포기할 수밖에요."라며 중이 설법하는 듯한 말로 나를 설득한다. 그런 게 신문이라면 하루라도 빨리 문 닫게 해 버리는 편이 모두에게 도움이 될 것이다. 신문에 실리는 것과 자라에게 물리는 것이 거의 같은 일이라는 사실을 지금 막, 너구리의 설명을 듣고 비로소 알게 되었다.

그로부터 사흘쯤 지난 날 오후에 고슴도치가 씩씩거리며 다가와서는 "드디어 때가 왔네. 나는 그 계획을 감행할 생각이야." 했다. "그래? 그럼 나도 동참해야지."라며 그 자리에서 합세했다. 그런데 고슴도치는 "자네는 그만두는 게 좋겠어."라며 고개를 저었다. "왜?"라고 물었더니 고슴도치가 "자네, 교장이 불러서 사표를 내라고 하던가?"라고 묻기에 "아니, 그런 말 못 들었네. 자네는?"이라고 되물었다. 그랬더니 "오늘 교장실에서 '정말 안됐지만 사정상 어쩔 수 없으니 그렇게 해 주게.'라는 말을 들었어."라고 대답한다.

"그런 판결이 어디 있나? 너구리가 배를 너무 두드려서* 배알이 꼬였구먼. 자네와 나는 함께 승전식에 참가했고, 함께 고치의 번뜩이는 칼춤을 봤고, 함께 싸움을 말리러 가지 않았는가? 사표를 받을 거면 공평하게 두 사람 다 내라고 해야 할 거 아닌가? 이 촌놈의 학교는 왜 그런 이치도 모르는 거지? 정말 답답하군."

"그게 바로 빨강 셔츠의 계략이라네. 나와 빨강 셔츠는 지금까지의 관계를 볼 때 도저히 같이 있을 수 없는 사이가 되었지만, 자네는 이대로 내버려 둬도 별로 손해 볼 게 없다고 생각하는 거지."

"나도 빨강 셔츠하고는 같이 못 지낸다고. 손해 볼 게 없다고 생각하다니, 이런 건방진 녀석."

---

* 달밤에 너구리가 배를 두드리며 즐긴다는 말이 있다.

"자네는 너무 단순해서 그냥 놔둬도 언제든지 속일 수 있다고 생각하는 거지."

"건방지기 짝이 없군. 나라고 같이 지낼 수 있을 줄 알고?"

"그리고 전에 고가 선생님이 전근 간 뒤에 후임자가 사고가 나서 아직 못 오지 않았나? 그런데 자네와 나를 동시에 내쫓았다간 빈 시간이 생겨서 수업에도 지장이 생기겠지."

"그럼 나를 대타로 써 먹으려고 남겨둔단 말이지? 이런 제기랄, 누가 그렇게 하게 내버려 둔대?"

다음 날, 나는 학교에 가서 교장실로 들어가 담판 짓기 시작했다.

"왜 저한테는 사표를 내라고 하지 않는 겁니까?"

"응?"

너구리는 어이없다는 듯이 말했다.

"홋타에게는 내라고 하고 저한테는 내지 않아도 된다고 하고. 이런 법이 어딨습니까?"

"그건 학교의 형편상⋯⋯."

"그 형편이 잘못됐다는 겁니다. 제가 내지 않아도 된다면 홋타도 낼 필요가 없는 거 아닙니까?"

"그 점은 설명할 수가 없지만⋯⋯. 홋타 선생님이 떠난다면 어쩔 수 없지만, 선생님이 굳이 사표를 내야 할 필요는 없어 보여서요."

과연 너구리다. 무슨 말인지도 모를 소리를 늘어놓으면서도 침착함은 잃지 않는다. 나는 하는 수 없이 이렇게 말했다.

"그럼 저도 사표를 내겠습니다. 홋타 선생 혼자 사표를 내게 하고 저는 편안하게 여기에 남아 있을 거라고 생각하셨는지 모르겠지만, 그렇게 몰인정한 짓은 못 합니다."

"그건 안 됩니다. 홋타 선생님도 떠나고 선생님도 떠나면 수학 수업을 할 수가 없으니까요……."

"할 수 있든지 없든지, 그건 제가 알 바 아닙니다."

"선생님, 그렇게 자기 생각만 내세우지 말고 학교 사정도 좀 생각해 주세요. 그리고 부임한 지 한 달이 될까 말까 한데 사표를 내면 앞으로 선생님 경력에도 문제가 될 테니 조금 더 생각해 보면 어떨까요?"

"경력 따위는 상관없습니다. 경력보다 의리가 더 중요합니다."

"그것도 지당한 말이지만……. 선생님이 하는 말은 하나하나 전부 옳지만 내가 하는 말도 생각해 보세요. 선생님이 무슨 일이 있어도 사표를 내야겠다고 생각한다면 그것도 좋습니다. 하지만 후임이 올 때까지는 있어 주었으면 합니다. 어쨌든 집에 돌아가서 다시 한 번 생각해 봐요."

다시 한 번 생각해 보라니. 더 생각할 필요도 없이 명백한 일이었지만 너구리가 파랗게 질리기도 하고 벌겋게 달아오르기도 하는 게 조금 불쌍해서 일단은 다시 한 번 생각해 보기로 하고 교장실에서 나왔다. 빨강 셔츠와는 말도 하지 않았다. 어차피 해치울 거라면 한꺼번에 몰아서 호되게 몰아치는 게 나을 것이다.

고슴도치에게 너구리와 얘기한 사실을 말했더니 "뭐, 대충 그럴 줄 알았네."라며, 사표는 만약의 사태가 있을 때까지 내지 않아도 될 거라고 하기에 고슴도치의 말대로 했다. 아무래도 나보다는 고슴도치가 영리한 듯해서 모든 일을 고슴도치의 충고에 따르기로 했다.

고슴도치는 드디어 사표를 내고 직원 일동에게 작별의 인사를 한 뒤 해변에 있는 미나토야까지 내려갔다. 그러고는 사람들 눈을 피해서 되돌아와 온천 마을에 있는 마스야의 2층으로 숨어들어 창호지에 구멍을 뚫고 밖을 엿보기 시작했다. 이 사실을 알고 있는 것은 나밖에 없으리라. 빨강 셔츠는 밤이 되어야 몰래 숨어들 것이다. 그것도 초저녁에는 학생들이나 다른 사람들의 눈이 있으니 적어도 9시가 넘어야 올 것이 뻔했다. 처음 이틀 동안은 나도 11시까지 불침번을 섰지만 빨강 셔츠는 그림자도 보이지 않았다. 사흘째 밤에는 9시부터 10시 30분 무렵까지 지키고 있었지만 역시나 모습을 나타내지 않았다. 허탈한 마음으로 밤늦게 하숙집으로 돌아오는 것보다 더 한심한 일도 없었다. 4, 5일이 지나자 하숙집 할머니도 조금 걱정이 됐는지 "사모님두 기신디 밤에 돌아뎅기는 건 그만둬유."라고 충고해 주었다.

나는 놀려고 돌아다니는 게 아니다. 나는 하늘을 대신해서 천벌을 내리려고 돌아다니는 것이다. 하지만 일주일이 지나도록 아무런 성과도 거두지 못하면 역시 진력이 나는 법이다. 나는 성격이 급해서 일단 열을 올리면 밤을 새워서라도 하지만, 무슨 일이든 길게 간 적이 없었다. 아무리 하늘을 대신하는 일이라고 해도 싫증이 나기는 매한가지다. 엿새째에는 조금 하기가 싫어졌고, 이레째에는 이제 그만 쉴까 하는 생각도 들었다.

그런 면에서 고슴도치는 끈기 있는 편이었다. 초저녁부터 12시가 지날 때까지는 꼼짝도 하지 않고 창호지에 눈을 댄 채 가도야의 둥근 가스등을 노려본다. 내가 가면 오늘은 손님이 몇 명이었고, 묵는 사람은 몇 명, 여자는 몇 명이라는 등 여러 가지 통계를 일러 주는 데는 놀라지 않을 수 없었다. 내가 "아무래도 안 오는 게 아닐까?"라고 말하면 "흠, 틀림없이 오기는 올 텐데."라면서 때때로 팔짱을 끼고 한숨을 내쉰다. 불쌍하게도 만약 빨강 셔츠가 여기에 한 번 오지 않으면 고슴도치는 평생 천벌을 내릴 수 없는 것이다.

여드레째에는 7시 무렵부터 하숙에서 나와 일단 천천히 온천에 들어갔다가 마을에서 계란 여덟 개를 샀다. 이건 하숙집 할머니의 고구마 공세에 대비하기 위한 계책이었다. 그 계란을 네 개씩 양쪽 소맷자락에 넣고, 늘 갖고 다니는 빨간 수건을 어깨에 얹은 채 손을 품에 찔러 넣고 마스야의 계단을 올라 고슴도치가 있는 방의 문을 열었더니 "이봐, 왔어, 왔다고!" 하고 외치는 소리가 들렸다. 고슴도치의 위타천 같은 얼굴이 갑자기 활기를 띠기 시작했다. 어젯밤까지는 조금 답답해하는 듯해서 옆에 있는 나까지 우울해질 정도였기 때문에 이 얼굴을 보자 나까지 덩달아 기분이 좋아져서 어떻게 되었는지는 묻지도 않고 "잘됐군, 잘됐어."라고 말했다.

"오늘 밤 7시 30분쯤에 그 고스즈라는 게이샤가 가도야로 들어갔어."

"빨강 셔츠도 같이?"

"아니."

"그럼 안 되잖아."

"게이샤는 두 명이었는데…… 아무래도 잘될 거 같아."

"왜?"

"왜긴. 교활한 놈이니까 게이샤를 먼저 들여보내고 나중에 몰래 올지도 모르지 않나?"

"그럴지도 모르겠군. 벌써 9시쯤 됐지?"

고슴도치는 허리춤에서 니켈 시계를 꺼내 보며 "지금 9시 12분쯤 됐네."라고 하더니 말을 이었다. "이봐, 램프를 끄게. 창호지에 까까머리 두 개가 비치면 이상할 테니까. 여우는 의심이 많거든."

나는 옻칠을 한 책상 위에 있던 램프를 훅 불어서 껐다. 별빛 때문에 창호지만 조금 밝았다. 아직 달은 뜨지 않았다. 고슴도치와 나는 꼼짝도 하지 않고 창호지에 얼굴을 댄 채 숨을 죽였다. 땡 하고 9시 30분을 알리는 시계 소리가 들렸다.

"이봐, 오기는 올까? 오늘밤에도 안 오면 나는 그만두겠네."

"난 돈이 있는 한 계속할 거야."

"돈이 얼마나 남았지?"

"오늘까지 8일 치, 5엔 60센을 치렀네. 언제 뛰쳐나가도 상관없 도록 매일 밤 돈을 내고 있어."

"거 참 잘했군. 여관에서 놀라지 않던가?"

"여관이야 어쨌든 상관없지만 갑갑해서 견딜 수가 없네."

"대신 낮잠을 자지 않나."

"낮잠은 자지만 외출을 못해서 갑갑해 죽겠어."

"하늘을 대신하는 일도 쉽지는 않구먼. 이렇게 했는데도 하늘의 그물에 그 녀석이 걸리지 않는다면* 싱겁겠어."

"아니, 오늘밤에는 꼭 올 거야. 어이, 저기 좀 봐."라고 고슴도치가 소리 죽여 말해서 나도 모르게 가슴이 덜컥 내려앉았다. 검은 모자 를 쓴 사내가 가도야의 가스등을 아래에서 올려다보고는 어두운 쪽 으로 사라져 갔다. 아니다. 이거 참. 그러는 동안 카운터에 있는 시 계가 거침없이 10시를 알렸다. 오늘 밤에도 글러 먹은 듯싶었다.

바깥은 꽤 조용해졌다. 유곽에서 울리는 북소리가 손에 잡힐 듯 이 또렷하게 들린다. 온천이 있는 산 뒤쪽에서 달이 쑥 얼굴을 내밀 었다. 거리는 밝았다. 그때 아래쪽에서 사람 소리가 들려오기 시작 했다. 창밖으로 얼굴을 내밀 수 없어서 모습을 확인하지는 못했지 만 점점 이쪽으로 오고 있는 모양이었다. 딸깍딸깍 나막신 끄는 소 리가 들렸다. 시선을 대각선으로 돌려보니 겨우 두 사람의 그림자

---

* 노자의 말 중에서 '하늘의 그물은 넓고 넓어 성긴 듯하나 놓치는 것이 없다天網恢 恢 疏而不失'를 빗댄 것이다.

176

가 보일 만큼 가까이 와 있었다.

"이제 안심이네요. 눈엣가시를 뽑아 버렸으니." 틀림없이 광대의 목소리였다. "강하게 나올 줄만 알았지 머리를 쓸 줄 모르니 별수 있겠어?" 이건 빨강 셔츠다.

"그 녀석도 도쿄 깍쟁이랑 비슷해요. 그래도 그 깍쟁이는 정의의 사자를 흉내 내는 도령이라 귀여운 맛은 있어요."

"월급을 올려 주겠다고 해도 싫고 사표를 내고 싶다니. 어딘가 정신이 이상한 녀석인 게 틀림없어."

나는 창문을 열고 2층에서 뛰어내려 마음껏 두들겨 패고 싶은 마음을 간신히 억눌렀다. 두 사람은 하하하하 웃으며 가스등 아래를 지나 가도야 안으로 들어갔다.

"이봐."

"이봐."

"왔어."

"드디어 왔네."

"이제 좀 마음이 놓이는구먼."

"광대 자식, 나보고 정의의 사자를 흉내 내는 도령이라고?"

"눈엣가시란 나를 두고 하는 말이고. 싸가지 없는 것들."

고슴도치와 나는 두 사람이 돌아가는 길에 매복해 있다가 공격해야 한다. 하지만 두 사람이 언제 나올지는 모를 노릇이었다. 고슴도치는 아래로 내려가서, 오늘 밤에 일이 있어서 나갈지도 모르니 나갈 수 있게 해 달라고 부탁하고 왔다. 지금 생각하면 여관 사람이 잘도 승낙해 줬다. 보통이라면 분명히 도둑놈이라고 여겼으리라.

빨강 셔츠가 오기를 기다리기도 힘들었지만 가만히 나오기를 기다리는 건 더욱 힘들었다. 잘 수도 없었고, 종일 창호지 틈으로 노려보기도 힘들고, 이것도 저것도 성에 차질 않았다. 아직 이처럼 괴로워한 적도 없었다. "차라리 가도야로 치고 들어가서 현장을 덮치자." 하고 말해 봤지만 고슴도치는 한마디로 내 의견을 일축해 버렸다.

"우리가 지금 뛰어든다면 행패를 부린다며 중간에서 막을걸세. 이유를 설명하고 만나게 해 달라고 하면 없다고 하거나 다른 별실로 옮기겠지. 아무도 안 보는 틈을 이용해서 안으로 들어가더라도 수십 개나 되는 방 중에서 어디에 있는지 알게 뭔가? 지루해도 나오기를 기다리는 수밖에 없네."

그래서 간신히 버티다가 결국 새벽 5시까지 기다리고 말았다. 가도야에서 나오는 두 사람의 그림자를 보자마자 고슴도치와 나는 바로 뒤를 밟았다. 아직 첫차가 올 시간이 아니라 둘 다 마을까지 걸어가야 한다. 온천 마을에서 벗어나면 1정 정도 삼나무 가로수가 늘어서 있는데 그 양옆은 논이다. 그곳을 지나면 여기저기에 초가집이 있고 밭 가운데를 가로질러서 마을로 통하는 한 줄기 제방이 나온다. 온천 마을에서 벗어나기만 하면 어디서 덮쳐도 상관없었지만 되도록이면 인가가 없는 삼나무 가로수 길에서 해치우자며 몰래 뒤를 밟았다. 동구 밖으로 나서자마자 갑자기 발걸음을 빨리 하여 바람처럼 따라붙었다. 뭐가 다가왔다고 놀라며 뒤돌아보는 녀석에게 "잠깐!"이라고 외치며 어깨에 손을 얹었다. 광대가 낭패한 빛을 띠며 도망치려는 기색을 보이자 나는 앞으로 돌아가서 길을 막아 버렸다.

곧바로 고슴도치가 "교감이라는 작자가 왜 가도야에서 묵은 거지?"라며 다그쳤다. 그러자 빨강 셔츠가 "교감은 가도야에서 묵으면 안 된다는 규칙이라도 있습니까?"라며 여전히 정중한 말투로 대답했다. 얼굴은 살짝 하얗게 질렸다.

"풍기를 바로 잡기 위해서 메밀국수집이나 떡꼬치집에도 들어가면 안 된다고 할 만큼 신중하고 성실한 사람이 뭣 때문에 게이샤하고 여관에서 묵었단 말이야?"

광대가 틈을 봐서 도망치려고 하기에 나는 바로 앞을 막아서며 "깍쟁이 도령은 또 뭐야?"라고 호통을 쳤더니 "아니, 선생님을 두고 한 말이 아닙니다. 전혀 상관없는 일입니다."라며 뻔뻔스럽게 변명을 했다. 그제야 나는 두 손으로 내 소맷자락을 붙들고 있다는 사실을 깨달았다. 뒤따라올 때 소매 속의 계란이 건들대서 불편한 나머지 두 손으로 쥐고 온 것이다. 나는 얼른 소매 속으로 손을 넣어 계란을 두 개 끄집어내서는 얏 하는 소리와 함께 광대의 얼굴에 내던졌다. 계란이 퍽 깨지더니 코끝에서 노른자가 줄줄 흘러내린다. 광대는 하늘이 무너진 줄 알았는지 "으악!" 하는 소리와 함께 엉덩방아를 찧고는 "살려줘!"라고 말했다. 나는 먹으려고 계란을 샀지 얼굴에 내던지려고 소맷자락에 넣어 둔 것은 아니었다. 단지 너무 화가 났기 때문에 그럴 생각이 아니었는데도 나도 모르게 얼굴에 내던져 버렸다. 하지만 광대가 엉덩방아를 찧는 모습을 보니 비로소 잘했다는 생각이 들어서 "이 버러지 같은 놈아, 버러지 같은 놈아." 하며 나머지 여섯 개를 닥치는 대로 던졌더니 광대의 얼굴이 노랗게 변했다.

내가 계란을 던지는 사이에도 고슴도치와 빨강 셔츠는 서로 담판을 짓고 있었다.

"내가 게이샤와 함께 여관에 묵었다는 증거라도 있습니까?"

"초저녁에 네 녀석이 친하게 지내는 게이샤가 가도야로 들어가는 걸 보고 하는 소리다. 속일 생각하지 마."

"속일 필요도 없지. 나는 요시카와와 둘이서 묵었으니까. 게이샤가 초저녁에 들었든지 말든지 내 알 바 아니야."

"입 닥쳐!"라며 고슴도치가 주먹으로 내려쳤다. 빨강 셔츠는 비틀거리면서도 "폭력을 쓰다니, 행패를 부리다니. 시비를 가리지 않고 폭력에 호소하는 건 도리에 맞지 않고 무례한 행동이야."라고 했다.

고슴도치는 "그게 어쨌다는 거야?"라며 다시 주먹을 날렸다. "너같이 간사한 녀석은 매를 맞지 않으면 뭘 잘못했는지도 모르지?" 하고 계속해서 주먹을 날렸다. 동시에 나도 광대를 마구 두들겨 팼다. 결국에는 두 사람 모두 삼나무 밑동에 웅크린 채, 움직이지 못하는 것인지 눈이 빙빙 도는 것인지 도망칠 생각도 하질 않았다.

"이젠 알겠냐? 아직도 모르겠다면 더 패 주지."라고 말한 뒤 둘이서 주먹을 날렸더니 "이젠 알겠다." 하고 말했다. 광대에게 "네 녀석도 알겠냐?"라고 물었더니 "물론 잘 알겠다."고 대답했다.

고슴도치가 "너희들은 간사한 녀석들이라 이렇게 천벌을 내리는 거다. 이 일을 교훈 삼아 앞으로는 조심하라고. 아무리 교묘한 말로 변명하더라도 언제나 정의가 용서하지 않을 테니까."라고 하자 두 사람은 대답이 없다. 어쩌면 대답하기도 벅찬 것일지도 몰랐다.

"나는 도망가지도 숨지도 않을 거다. 오늘 저녁 5시까지는 해변에 있는 미나토야에 있겠다. 볼일이 있으면 경찰이든 누구든 보내라."라고 고슴도치가 말하기에 "나도 도망가지도 숨지도 않을 거다. 홋타와 같은 곳에서 기다리고 있을 테니 경찰에 고발하고 싶다면 마음대로 해라." 하고 우리 둘은 터벅터벅 걷기 시작했다.

7시가 조금 못 돼서 나는 하숙으로 돌아왔다. 방에 들어서자마자 곧장 짐을 꾸렸더니 할머니가 놀라며 "왜 그려유?"라고 물었다. "할머니, 도쿄로 가서 마누라를 데리고 올게요." 하고 대답하고 방세를 치른 뒤 바로 기차에 올라 해변으로 가서 미나토야로 들어가니 고슴도치는 2층에서 자고 있었다. 나는 즉시 사표를 쓰려고 했지만 어떻게 써야 좋을지 몰라서 '일신상의 이유로 사표를 내고 도쿄로 돌아가게 되었으니 수리해 주시기 바랍니다. 이상.'이라고 써서 우편으로 교장에게 보냈다.

기선은 오후 6시 출항이다. 고슴도치와 나는 피곤해서 쿨쿨 잠을 자다가 눈을 떴다. 오후 2시였다. 종업원에게 경찰이 오지 않았느냐고 물었더니 "안 왔습니다."라고 대답한다. "빨강 셔츠도 광대도 고발은 안 했군."이라며 우리 둘이서 큰 소리로 웃었다.

그날 밤, 고슴도치와 나는 이 부정不淨한 땅을 떠났다. 배가 기슭에서 멀어질수록 기분이 좋아졌다. 고베에서 도쿄까지는 직행을 탔는데 신바시에 도착하니 드디어 세상으로 나온 듯한 기분이 들었다. 고슴도치하고는 거기서 헤어진 이후로 아직 한 번도 못 만났다.

기요에 대한 얘기를 잊고 있었다. 도쿄로 오자마자 하숙집에도 들르지 않고 가방을 든 채 "기요, 나 왔어."라며 뛰어들었더니 "아이고, 도련님. 어떻게 이렇게 빨리 오셨어요?" 하면서 눈물을 뚝뚝 흘렸다. 나도 너무 기뻐서 "이제 시골엔 안 갈 거야. 도쿄에서 기요랑 같은 집에서 살려고."라고 말했다.

그 후, 어떤 사람이 소개해 줘서 철도 회사의 기수*가 되었다. 월급은 25엔이고 집세는 6엔이다. 현관이 딸린 집은 아니었지만 그래도 기요는 아주 만족하는 듯했는데 가엾게도 올 2월에 폐렴에 걸려서 세상을 뜨고 말았다. 죽기 전날 나를 불러서 "도련님, 부탁이니 제가 죽으면 도련님이 다니는 절에 묻어 주세요. 무덤 속에서 도련님이 오시길 기다리겠어요."라고 했다. 그래서 고비나타의 요겐지라는 절에 기요의 무덤을 만들어 주었다.

---

* 技手. 기사 밑에서 그 일을 돕는 기술자.

옮긴이의 글

　나쓰메 소세키는 1984년부터 20년 동안 일본 1천 엔짜리 지폐 모델이 됐을 만큼 이름을 떨친 작가로서 일본 근현대 문학에 엄청난 영향을 끼쳤다. 일본 최고 명문인 도쿄제국대학을 졸업하고, 일본 정부의 지원을 받아 영국에 유학하기도 했으니 그의 천재적인 어문학 실력은 일찌감치 빛을 발했던 모양이다.

　다행스럽게도 소세키는 문학적 재능을 번역에만 쏟아붓지 않고 소설, 수필, 하이쿠, 한시 등을 창작하는 데에도 아낌없이 썼다. 그 덕분에 우리는 《도련님》, 《마음》, 《나는 고양이로소이다》 등 수많은 명작을 읽는 즐거움을 누리게 되었다.

　그중에서도 1906년에 발표된 《도련님》은 비겁하고 불합리한 세태를 절묘하게 풍자한 걸작으로 손꼽힌다. 제목에서 알 수 있듯이 주인공은 비교적 유복한 집안에서 자란 청년이다. '부모님에게 물려받은 앞뒤 가리지 않고 행동하는 성격 때문에 어렸을 때부터 손해만 봐 왔다.'라는 첫 문장처럼 자기가 옳다 싶으면 절대 물러서지 않는 강인한 성격이다. 그는 10대 무렵에 부모님을 잃었지만 형에게서 얼마간의 돈을 받아 물리 학교에 들어가 나름대로 학력을 쌓고, 졸업 후엔 한 달에 40엔을 받는 조건으로 일본의 오지인 시코쿠의 한 중학교 교사로 부임한다.

21세기를 살아가는 한국인이라면 흔히 시골에는 아직도 인정이 살아 있다는 선입견을 갖고 있지만, 당시 일본은 그렇지 않았나 보다. 그 시골 동네야말로 온갖 불조리한 관행이 판치는 야만스러운 곳이었다. 심지어 지성인들이 모인 중학교 교무실에서도 그렇다. 말만 번지르르한 너구리 교장, 새빨간 셔츠만 입으며 고상한 척 설교를 늘어놓지만 안은 완벽한 속물인 빨강 셔츠 교감, 교감에게 알랑방귀 뀌느라 정신 없는 광대 미술 선생은 부임 첫날부터 주인공의 마음을 어지럽힌다.

그뿐이랴. 할 것 없는 시골 사람들과 조금이라도 약한 구석이 있으면 골탕 먹일 생각이나 하는 학생들은 초짜 선생인 주인공을 가만두지 않는다. 부임한 지 한 달도 채 되지 않아 주인공의 마음은 벌써 부임지를 떠나 하녀 기요가 있는 도쿄로 가 버린다. 우리는 이 기요라는 하녀의 이름을 눈여겨보아야 한다. 일본에서는 한자의 '맑을 청'자를 기요라고 읽기도 하는데 그 이름에 걸맞게 기요는 세파에 찌든 사람들과 달리 순수하고 깨끗한 인물이다. 그러니 정의를 사랑하는 주인공이 기요를 그리워하는 것도 무리가 아니다.

만약 이야기가 여기에서 그쳤다면 이 소설은 암울함 그 이상의 느낌을 주지 못했을 것이다. 나쓰메 소세키는 주인공을 어려운 상황에서 그냥 내빼도록 나약하게 창조하지 않았다. 주인공은 자기처럼 호쾌한 고슴도치 수학 주임과 친해지고, 교감의 달콤한 유혹을 뿌리친 채 마침내 정의의 심판을 내리는 데 일조한다. 굉장히 유머러스하게 그려지는 그 과정을 따라가다 보면 어느 새 입가에 미소가 번진다.

이처럼《도련님》은 100여 년이 지난 오늘날에 읽어도 아무런 위화감이 없는, 대단히 현대적인 소설이다. 세련된 문체로 쓰였을 뿐더러 그때까지만 해도 일본에서 근대적 소설의 틀이 제대로 잡히지 않았음을 생각하면 작가가 이야기를 풀어 나가는 솜씨도 여간 훌륭한 것이 아니기 때문이다.

불합리한 권위와 관습 앞에서 주눅들지 않는 주인공의 모습은, 할 말 못하고 끙끙 앓기만 하는 현대 한국 독자들의 가슴까지도 시원하게 뚫어 준다.

나쓰메 소세키 연보

1867년

2월 9일, 도쿄 신주쿠에서 나쓰메 고효에 나오카쓰와 나쓰메 지에 부부의 5남 3녀 중 막내로 태어남. 본명은 나쓰메 긴노스케. 원래 나쓰메 가문은 명문가였으나 당시 에도 막부가 무너지는 등 사회가 혼란스러워 몰락해 가고 있었음. 이에 태어나자마자 도쿄 요쓰야의 고물상에 양자로 갔으나 곧 되돌아옴.

1868년 (1세)

부친의 친구였던 시오바라 쇼노스케의 양자가 됨.

1870년 (3세)

천연두에 걸려 이후 얼굴에 옅은 자국이 남음.

1874년 (7세)

양부모의 불화가 심해져 양모와 함께 잠깐 생가로 되돌아옴.
12월, 공립 도다 학교 부설 소학교에 입학함.

1876년 (9세)

공립 이치가야 학교 부설 소학교로 전학함.

1878년 (11세)

2월, 친구들과 회람잡지에 〈정성론〉을 씀.

4월, 이치가야 학교 부설 소학교를 졸업함.
10월, 니시키하나 소학교 보통과 2학년 후기 졸업함.

1879년 (12세)
도쿄 부립 제1중학교에 입학함.

1881년 (14세)
1월, 생모 나쓰메 지에가 사망함.
제1중학교를 그만두고 한학漢學을 배우기 위해 사립 니쇼 학사에 입학함.

1883년 (16세)
앞으로 영어를 배워야 전망이 좋다는 형의 권유에 따라 영어를 가르치는
세이리쓰 학사에 입학함.

1884년 (17세)
영어 공부에 빠짐. 도쿄제국대학의 등용문으로 평가받던 대학예비문 예과
에 입학함.

1886년 (19세)
4월, 대학예비문이 제일고등중학교로 명칭을 변경함.
7월, 복막염에 걸려 진급 시험을 치르지 못하고 성적이 나빠 낙제함.

1887년 (20세)
3월과 6월에 큰형과 둘째형을 차례로 잃음.

1888년 (21세)
1월, 나쓰메 가로 호적을 되돌림.
7월, 제일고등중학교 예과를 졸업함.
9월, 제일고등중학교 본과 영문과에 입학함.

1889년 (22세)
1월, 하이쿠 시인인 마사오카 시키를 알게 됨. 그의 영향을 받아 이후로도 꽤 오랫동안 하이쿠에 심취함. 또한 마사오카의 많은 필명 중 하나였던 '소세키'를 물려받음.

1890년 (23세)
7월, 제일고등중학교 본과 영문과를 졸업함.
9월, 도쿄제국대학 문과대 영문과 입학함. 문부성에서 학비를 빌려줌.

1891년 (24세)
7월, 학업과 품행이 우수하여 수업료 면제 등의 특전을 받는 특대생特待生이 됨.
12월, 딕슨 교수에게 의뢰를 받아 〈방장기〉를 영어로 번역함.

1892년 (25세)
4월, 징병을 피하기 위해 분가하여 홋카이도로 본적을 옮김.
5월, 도쿄전문학교의 강사로 강의를 시작함.

1893년 (26세)
7월, 도쿄제국대학 영문과를 졸업하고 동 대학원에 진학함.
10월, 고등사범학교에서 근무함.

1894년 (27세)
12월, 가마쿠라의 엔가쿠지에서 참선함. 신경쇠약에 걸림.

1895년 (28세)
4월, 친구인 스가 도라오의 소개를 받아 에히메 현 마츠야마 중학교 교사로 부임함. 이 경험이 훗날 이 경험이 〈도련님〉의 소재가 됨.
12월, 귀족원 서기관장인 나카네 시게카즈의 장녀 교코와 약혼함.

1896년 (29세)
4월, 일본 규슈의 구마모토 현 제5고등학교 강사로 부임함.
6월, 구마모토 시에 집을 얻고 교코와 결혼함.
7월, 강사에서 교수가 됨.

1897년 (30세)
6월, 생부 나오카쓰가 숨을 거둠.

1898년 (31세)
3월, 교코의 히스테리가 심해짐.

1899년 (32세)
5월, 장녀 후데코筆子가 태어남.
6월, 영어과 주임이 됨.

1900년 (33세)
5월, 문부성이 영어 연구를 위해 만 2년 동안 영국으로 유학갈 것을 명령함.
9월, 런던을 향해 요코하마에서 출항함.

1901년 (34세)
1월, 차녀 쓰네코恒子가 태어남.
5월, 일본의 화학자인 이케다 기쿠나에가 방문하여 두 달 동안 머묾. 그의
영향을 받아 〈문학론〉을 집필하기로 결심하고 귀국할 때까지 저술에 몰두
함. 유학비가 부족하고 고독감이 생기면서 신경쇠약이 심해짐.

1902년 (35세)
여름 무렵 심각한 신경쇠약에 걸림.
12월 5일, 런던을 떠나 귀국길에 오름.

1903년 (36세)
1월 24일, 도쿄에 도착함.

3월, 제일고등학교 강사 및 도쿄제국대학 문과대 영문과 강사가 됨.
10월, 셋째 딸 에이코荣子가 태어남.
11월, 신경쇠약이 재발함.

1904년 (37세)
4월, 메이지대학의 강사가 됨.
12월, 하이쿠 잡지 〈호토토기스〉에 〈나는 고양이로소이다〉를 발표하였고
반응이 좋아 연재를 시작함.

1905년 (38세)
이 해 〈런던탑〉, 〈칼라일 박물관〉, 〈환영의 방패〉 등을 각종 잡지에 발표함.
12월, 넷째 딸 아이코愛子가 태어남.

1906년 (39세)
4월, 〈호토토기스〉에 〈도련님〉을 발표함.
같은 해 〈풀베게〉, 〈취미의 유전〉 등도 발표함.
10월 중순부터 매주 목요일 오후 3시마다 만나는 목요회를 시작함.

1907년 (40세)
3월, 1년에 100회가량 장편소설을 쓰는 조건으로 아사히 신문사에 입사함.
도쿄제국대학과 제일고등학교에 사표를 제출하고 본격적으로 전업작가의
길을 걷기 시작함.
5월, 〈문학론〉을 출간함.
6월, 장남 준이치純一가 태어남.

1908년 (41세)
〈갱부〉, 〈몽십야〉등을 발표함.
12월, 차남 신로쿠伸六가 태어남.

1909년 (42세)
〈산시로〉, 〈영일소품〉, 〈그 후〉, 〈만한기행〉 등을 발표함.

1910년 (43세)
3월부터 6월까지 〈문〉을 연재함.
3월, 다섯째 딸 히나코雛子가 태어남.
6월, 위궤양 때문에 병원에 입원함.
8월, 요양하기 위해 온천 여관에 머물다가 대량으로 각혈하여 일시적으로
위독해졌으나 차차 회복함.

1911년 (44세)
2월, 문학박사 호칭을 거부함. 병원에서 퇴원함. 집에 돌아와 그 사이에 조
명이 전깃불로 바뀐 사실을 알고 놀람. 그때까지 소세키는 사치스럽다는
이유로 전깃불을 집에 들이지 않았음.
8월, 간사이에서 강연을 한 뒤 위궤양이 재발하여 현지 병원에 입원함.
11월 29일, 다섯째 딸 히나코가 갑자기 숨을 거두자 크게 상심함.

1912년 (45세)
〈피안이 지날 때까지〉, 〈행인〉 등을 발표함.

1913년 (46세)
1월부터 몇 달 동안 심각한 신경쇠약으로 괴로워함.
이 해, 홋카이도로 옮겼던 본적을 다시 도쿄로 되돌림.

1914년 (47세)
〈마음〉, 〈나의 개인주의〉 등을 발표함.
9월, 네 번째로 위궤양이 발병하여 한 달 동안 투병함.

1915년 (48세)
3월, 다섯 번째로 위궤양이 발병하여 투병함.
11월, 기쿠치 간, 아쿠타가와 류노스케가 목요회에 참가함.
〈유리문의 안쪽〉, 〈노방초〉 등을 발표함.

1916년 (49세)
5월, 〈명암〉의 연재를 시작함.
11월, 위궤양이 재발하여 투병함. 상태가 점점 나빠짐.
12월 9일, 집필중에 위궤양이 악화되어 숨을 거둠. 부인이 소세키의 시신을 해부하겠다고 발표함.
12월 10일, 도쿄제국대학 의과대학에서 해부를 실시하고 뇌와 위를 의과대학에 기증함.
12월 12일, 장례가 치러지고 다음 날 유골을 수습함.
12월 14일, 유작이 된 〈명암〉의 연재가 종료됨.
12월 28일, 조시가야 묘지에 유골이 묻힘.

1917년
1월, 《명암》이 출간됨.
11월, 《소세키 하이쿠집》이 출간됨.

1984년~2004년
일본 1,000엔짜리 지폐에 소세키의 초상이 실림.